KB104941

내가
　죽었다고 생각해 줘

내가
죽었다고 생각해 줘

아메드 칼루아 장편소설

정혜용 옮김

창비

차례

일러두기
이 책은 프랑스에서 2011년 8월에 출간되어, 축구 선수들의 소속 팀 등은 현재
와 다를 수 있습니다.

강은 구불구불 돌아 나간다.
누구도 그를 위해 길을 가리켜 보이지 않으니까.
─ 아프리카 속담

1
킥오프 *

공차기. 그게 신이 우리에게 가르쳐 준 가장 좋은 것이다. 감사의 마음은 땀과 기도로 신에게 흠씬 돌려드렸건만, 그걸로는 충분하지 않은가 보다. 내 정신은 지금 다른 곳에, 거대한 강의 기슭에 자리한 아프리카 우리 마을에 가 있다. 니제르 강기슭에는, 내가 발끝에 섬광과 별과 금을, 발뒤축에는 용암을 타고났다고 예언하는 사람들이 있었다. 그들은 함성을, 감정의 분출을, 터치라인 **주위의 춤을, 무아지경과 감동의 순간을 약속했다.

● 축구에서 시합이 시작될 때나 어느 한 팀이 득점하여 시합을 다시 시작할 때, 공을 중앙선의 가운데에 놓고 차는 일.
●● 축구·럭비·미식축구 따위의 경기장에서 좌우측 한계선.

오늘 저녁, 나는 11월의 한기가 감도는 물루지 광장의 벤치에 마냥 앉아 있다. 내 기억 속에서 수수, 옥수수, 까치콩의 계절들은 이미 자취를 감췄다. 오늘도 험한 꼴을 당하지 않고서 밤을 보내려면 어제처럼 새로운 거처를 찾아야 할 텐데. 말리에서 살 때는 이런 밤의 세계도, 그 세계에 사는 얼근히 취한 그림자들이 처마 아래에 마분지 상자를 깔고 그 위에 웅크리고 있다는 것도 전혀 알지 못했다. 비틀거리는 남자들은 혼잣말을 하거나 하늘에 대고 이야기하고, 아니면 방향 없이 걸어가다 마주치는 나무에게 말을 건다. 예전에 내가 걷던 길 위에는 태양이 찬란히 빛났다. 길에 놓은 돌멩이 두 개로 서로의 진영을 표시하고 골대를, 그러니까 보물섬 같았던 그것을 정하던 그 시절에는 말이다.

라이베리아의 아이들은 AC 밀란과 파리 생제르맹의 '미스터 조지'라 불리던 위대한 축구 선수 조지 웨아가 되기를 꿈꿨다. 비록 라이베리아의 수도 몬로비아는 폐허가 되었고, 그곳의 아이들은 선물이랍시고 기관총을 받거나 눈에 보이는 족족 난도질을 하라고 큰 칼을 쥐이긴 해도 말이다.

또 다른 나라 토고에서는 '새매'라는 애칭을 가진 국가 대표 선수들 중에서도 아스날과 맨체스터 시티에서 활약했던 아데바요르의 헤딩슛을 따라 하고 싶어 한다.

코트디부아르에서는 사람들의 눈길이 페널티 에어리어의 공포, 디디에 드로그바의 강력한 슛으로만 쏠린다.

말리에서는 아직도 살리프 케이타°에 대한 이야기가 오간다. 생테티엔과 마르세유 그리고 스페인의 발렌시아에서 그가 보여 주던 유연한 몸놀림을 떠올리는 목소리에는 감동이 여전하다.

강변 혹은 먼지가 풀썩이는 공터에서 우리를 사로잡던 신기루들. 행복, 그것은 그 물렁한 공을 사랑해 주러 가는 것. 발 안쪽으로, 발 바깥쪽으로 요리조리 공을 차고 감쪽같이 뒤로 패스하는 것. 또한 행복은 닳아 빠진 가죽 공이 날아가서 상상 속의 그물에 꽂히는 소리를 듣는 것. 그리고 다시 시작되는 공격. 행복, 그것은 물소 떼처럼, 영양 떼처럼 달리며 다시 공격에 나서는 우리가 어디로 튈지 알 수 없는 공 덕분에 멀리멀리 떠날 수 있을지도 모른다는 것.

가나의 '검은 별들', 카메룬의 '불굴의 사자들', 알제리의 '폐넥여우들'. 이들 진짜배기 성인 축구 선수들은 작년에 월드컵 출전을 위해 남아프리카 공화국의 프리토리아나 요하네스버그로 갔고, 그곳의 경기장에서 북장단과 부부젤라°° 소리에 맞춰 허리를 흔들어 댔다. 십만 관중이 허파가 터져라 남아공 대표팀의 애칭인 '바파나 바파나'를 외쳐 댔다. 백인들이 아프리카에서 경기하는

● 1970년대에 활약한 말리 출신의 전설적인 축구 선수. AS 생테티엔, 올랭피크 마르세유, 발렌시아 CF 등에서 활약하며 수많은 골을 넣었다.
●● 요란한 소리를 내는 트럼펫 모양의 악기로 남아프리카 공화국 등에서 축구 경기의 응원 도구로 사용된다.

모습을 보고 싶어 한 지 얼마 만에 이루어진 일이었던가. 나 역시 유럽에서 우상들을 찾으며 그들이 이곳에서 경기하는 모습을 볼 수 있길 꿈꿨다. 가난이 우리 몸에 찰싹 들러붙어 있는 듯한 이곳에서 저물녘은 물론이고 심지어 새벽녘에도, 하루 중 어느 때고 무더위에도 아랑곳 않고 공을 차 댔다. 그러던 어느 날, 몸에 잘 맞는 양복에 막 신발 상자에서 꺼낸 듯 반짝거리는 구두를 신은 남자가 나타났다. 우리는 공차기를 멈추고 그의 말에 귀를 기울였다. 그는 가방에서 카메라를 꺼냈다. 우리는 눈을 빛내기 시작했다.

"너희들을 카메라에 담으려고 한다."

그는 벌써 잔디 구장에 서 있는 자신을 상상하는 이 작은 무리를 카메라에 담으려고 낑낑대며 말을 꺼냈는데, 말투에 이탈리아어 억양이 배어 있었다. 우리는 카메라 렌즈와 마주 보려고, 카메라에 한 번이라도 더 잡히려고 한동안 사방팔방으로 다리를 내둘렀다. 잠시 뒤, 이탈리아 인은 난리법석에서 떨어져 나와 그를 기다리고 있던 택시에 올라타고는 멀어져 갔다. 이튿날, 이탈리아 인은 그를 기다리며 하얗게 날밤을 새운 우리에게 이렇게 말했다.

"카메라를 들여다보니 괜찮은 물건들이 있더군. 자, 원하는 사람들은 3시에, 바로 여기에서 나와 만나자. 난 괜찮은 선수들을 찾고 있다. 누가 올 테냐?"

힘센 아이들, 소심한 아이들, 서툰 아이들, 자신이 말리의 국가 대표 선수들인 '독수리들'과 같은 부류라고 믿는 아이들 모두가 손을 들었다. 이탈리아 인이 말했다.

"서두를 것 없다. 가서 쉬고, 이 먼지투성이 공터에서 다시 만나자."

그는 혀를 들입다 굴리며 마지막 말을 마쳤고, 우리는 스스로가 갑자기 중요한 존재라도 된 양 어깨를 으쓱거렸다. 나, 쿠난디는 바마코의 미시라 지구에 살고 있으며 막 열네 살이 되었다. 다른 아이들도 나와 나이가 비슷하거나 조금 많을 뿐이었다. 말수가 적은 디알로, 강철 다리 맘비, 날카로운 눈과 정확한 동작을 자랑하며 허파가 서너 개는 되는 듯 뛰어다녀 비실이들과 약골들에게 숨 쉴 틈을 선사하는 이고. 이고는 아름다운 소녀 니엘레를 위해 뛰었고, 니엘레는 이고가 경중거리며 뛰는 모습을 보는 게 삶의 낙이었다. 노인들이 바마코를 굽어보는 지식의 언덕과 희망의 언덕을 두루두루 쳐다보며 밤바라 말로 대화를 나누는 마을에는 삼바, 무사 등 기회를 노리는 아이들이 수백 명 있었다. 희망의 나이를 넘겨서는 안 되었다. 축구 선수가 되기에 나이가 너무 많아지면 굶주리는 사람들 천지인 이 나라에서 아무거나 내다 파는 악당들 패거리에 휩쓸릴 위험이 있었다. 거리에서, 도로에서, 다정한 여인들의 몸뚱어리를 거래하는 악당들. 때로는 죽음에 이르게 하는 이런저런 불법 거래에 익숙한 악당들.

이탈리아 인이 로고가 선명한 운동 가방과 리버풀의 유니폼 하의, 유벤투스의 유니폼 상의를 넌지시 내보이며 말했다.

"조금 이따 보자. 기다리고 있으마."

그것만으로도 이미 계약서와 연봉 이상이었으며 그 선물들을 낚아챌지도 모르는 아이에게는 성공을 알리는 신호와 같았다. '비둘기를 사로잡는 자' 이브라히마를 보러 갔어야 했다. 그랬더라면 우리들의 눈도 뜨였을 텐데. 이브라히마는 진짜 비둘기들을 사로잡는 것만으로 만족한다. 그는 무릎을 꿇고 두 팔을 벌린 채 꼼짝 않고서, 오래 묵은 조의 씨앗 몇 개를 땅에 떨어뜨린다. 그러면 호기심 많은 비둘기들이 구구거리며 가까이 다가오고, 바로 그때 그 놈들을 사로잡는다. 하지만 이브라히마는 비둘기를 잡아먹지 않고 그저 쓰다듬어 준 뒤에 다시 놓아준다. 그 스스로 비둘기가 된 것처럼 보이는 순간들도 있다. 하지만 그런 말을 꺼내면 안 된다. 이브라히마는 다정함 그 자체고, 가끔은 씨앗 없이 그저 양팔을 벌리기만 해도 비둘기들을 사로잡는다. 살짝 그 이탈리아 인과 비슷하기도 하다. 다른 아이들과 나, 우리 모두를 비둘기 취급했던 그 백인과.

2
엘 드 피종 *

약속한 시간에, 우리는 이미 쨍쨍한 햇빛을 받으며 공터에 모여 있었다. 바닥이 울퉁불퉁한 이 공터에서 어찌나 뛰었던지 닳고 닳아 누더기가 된 옷을 걸친 우리는 물만큼이나 영광에도 목이 말랐다. 우리도 어떤 곳에서는 니제르 강기슭보다도 푸른 잔디밭에서 경기가 펼쳐진다는 사실을 안다. 하지만 쿨루바 언덕과 쿨리코로 국도 사이의 이 공터는 초록의 기미조차 보이지 않았다.

더위에도 불구하고 이탈리아 인 모집책은 밝은색 정장을 차려

● 프랑스 어로 '비둘기의 날개'라는 뜻의 축구 기술. 무릎 아래를 뒤로 돌려 발뒤 꿈치 또는 발바닥으로 공을 차는 동작을 말한다. 동작을 취할 때 발의 모양이 비 둘기 날개와 비슷하다고 하여 이런 이름이 붙었다.

입고 왔다. 호루라기 한 방으로 소란스러운 아이들의 입을 다물리
더니 그물주머니에서 번쩍거리는 축구공 세 개를 꺼내 놓았다. 우
리는 그토록 귀한 물건에 그렇게 가까이 다가간 적이 없었다. 벌써
몇몇 아이들의 눈빛에서는 그 가죽 공을 겨드랑이 밑에 끼고 변두
리 동네를 요리조리 누비며 발바닥에 불이 나게 달아나, 아무도 모
르는 곳에 공을 숨겨 놓을까 하는 생각이 모락모락 피어오르는 게
보였다. 하지만 그 누구도 감히 그러한 생각을 실행에 옮기지 못했
고 그사이 이탈리아 인은 우리를 두 팀으로 나누었다.

"열네 살과 열다섯 살 사이는 내 왼편으로! 여기는 열여섯 살들!
그 이상은 안 돼! 나머지 사람들은 물러나라."

열여섯 살보다 나이가 더 든 아이들 몇몇이 어려 보이려고 꾀를
써서 자라목을 만들고, 갓 돋아나기 시작한 수염을 손으로 가리는
모습이 눈에 띄었다. 하지만 선수 모집책은 눈살을 찌푸려서 자신
을 속이려 들어서는 안 된다는 경고를 보냈다. 그 사람은 초짜가
아니었고 어리보기는 더더욱 아니었다. 이미 어제 카메라로 찍어
간 모습을 보고 난 뒤였고, 선수들을 고르고 포지션을 배정해 주는
품새를 보니 나름 생각이 있는 모양이었다.

내가 보기에는 바코지코로니부터 강 건너편 바달라부구까지 온
동네 사내아이들이 소식을 듣고 몰려온 것 같았다. 아마도 이탈리
아 인이 우리 가운데 몇 명을 세계적인 축구 선수로 만들어 줄지
도 모른다는 생각에 끌렸을 것이다. 새로운 말리의 독수리가 탄생

하는 순간을 함께하려는 구경꾼들이 여러 대의 자카르타 오토바이*에서 쏟아져 내렸다. 우리는 말리 축구팀 레알 바마코를 떠난 살리프 케이타가 어느 겨울날 프랑스 북부에 도착한 뒤 보여 준 일련의 대활약에 대해서 수도 없이 들었다. 택시를 잡아탄 케이타가, 그로서는 상상도 못 해 본 눈길을 달린 끝에 생테티엔에 도착했다는 전설 같은 이야기가 전해져 온다. 그는 AS 생테티엔의 초록색 유니폼을 걸치자마자 첫 경기에서 여섯 골을 기록했고 육 년 동안 125골을 득점했는데, 한 경기에서 두세 골 넣는 일이 다반사였고 심지어 한 경기에서 네 골을 네 번이나 기록한 시즌도 있었다. 그러던 어느 날, 떠돌이 삶에 염증을 느끼고 순례를 마친 현자처럼 다시 우리에게로 돌아왔다.

좀 더 그럴듯해 보이고 싶은 마음에 나이 든 아이들이 골키퍼의 영역과 공격수의 조준선이 분명히 드러나도록 말뚝들을 높이 박아 두었다. 이렇게 하면 모집책에게 강한 인상을 주지 않을까 하는 속셈이었다. 하지만 그 남자에게는 자신만의 방법이 있었다. 그는 아이들이 떼 지어 있는 한가운데에 2010년 월드컵 공식 축구공인 아디다스 자블라니를 던져 놓고서 지켜봤다. 평소대로 아이들이 사방으로 뛰어다녔다. 전술도, 진형도, 패스도 없었다. 될 수 있

---

* 말리에 처음 들어온 오토바이들은 대부분 인도네시아산이었다. 그래서 인도네시아 수도 자카르타의 이름을 따서 자카르타 오토바이라고 부른다.

는 한 가죽 공과 가깝게 있다가 공을 가로챈 뒤, 이런저런 재주를 부리며 골문을 향해 곧바로 달려가야 했다. 어떤 아이들은 정도가 지나쳤고, 모집책도 그렇게 생각했는지 불필요한 드래그백,* 실패한 태클, 어울리지 않는 플릭 업**을 볼 때마다 눈길에 짜증이 묻어났다. 그는 주의 깊게 지켜보면서 이 알록달록한 떼거리가 무엇을 할 수 있는지 적었다. 태양 아래서 뛰어다니는 아이들은 바닥에 삐죽삐죽 솟아 있는 돌에 부딪혀 무릎이 까졌고, 광견병에 걸린 개처럼 입에 게거품을 문 채 자신들이 별 볼 일 없지 않다는 것을 보여 주려 피땀을 흘리며 최선을 다했다. 경기와 열기에 흠뻑 취해 뛰어다닌 지 한참이 됐을 무렵 호루라기 소리가 울려 퍼졌다. 이탈리아 인이 경기장에 또 다른 전사들을 풀어놓았다.

흙먼지가 자욱한 공터로 들어가면서 나는 살리프 케이타를 떠올렸다. 내겐 한 가지 욕망밖에, 날 보여 주겠다는 욕망밖에 없었다. 골대에서 멀지 않은 곳에 매복한 채 하릴없이 공을 기다리는 아이에게 패스하는 것도, 팀플레이도, 개나 줘 버리라지. 그날 우리 모두는 자신만을 위해, 유벤투스의 유니폼과 양말 한 켤레를 위해 뛰었다. 우리 모두가 선망하는 장소, 유럽으로의 출발을 기다렸으리라. 내 안에서 나를 이끌었던 건 바로 그런 생각이었다. 모집

● 발바닥으로 공을 뒤로 끌면서 곧바로 반대 방향으로 돌아서는 축구 기술.
●● 땅바닥의 공을 공중에 살짝 띄우는 축구 기술. 다양한 자세가 존재한다.

책에게 강한 인상을 주려고 수비수 다리 사이로 몇 차례 공을 빼냈고, 마르세유 룰렛*을 몇 번 해 보였고, 지나치지 않게 두어 번 정도만 묘기를 보여 줬다. 무엇보다도 효율적으로 움직여서 내 앞을 가로막는 그 누구든 제치고 마지막 보루인 골키퍼 앞까지 나아갈 수 있음을 보여 줬다. 가끔 숨 돌릴 틈을 찾으려고 곁눈질로 모집책을 훔쳐보니, 그는 미래의 챔피언들인 이 묘목들 앞에서 입맛을 다시는 것 같았다. 마침내 그의 손에 기대주가, 진귀한 보석이 들어온 것이다.

휴식 시간이 되자 우리는 이탈리아 인을 둘러싸고 그의 눈길에서 격려와 은근한 동조의 기운을 조금이라도 찾아보려고 애썼다. 그는 공을 한편에 치워 두고 몇몇 아이들에게 다가가 주소를 물었다. 그 속에 낀 아이들은 한 줌, 곧 대여섯 정도였고 나머지 아이들은 감탄과 부러움의 눈길을 던졌다. 이탈리아 인이 말했다.

"내가 너희들 집에 들러 부모님과 이야기를 나눠 보고, 어떻게 생각하는지 들어 보도록 하마."

그날 저녁, 나는 인도네시아산 오토바이에 올라타고 미시라 지구를 한 바퀴 돌아 집으로 돌아왔다. 오토바이 운전자는 영웅을 고향으로 데려다 주기라도 하는 듯한 기세였다.

● 몸의 무게 중심을 앞으로 쏠리게 하고 공 주위를 360도 돌아 수비수를 피하는 축구 기술. 프랑스 선수 지네딘 지단이 애용하여 이런 이름이 붙었다.

3
레드카드

이튿날, 모집책은 약속대로 우리 집에 모습을 나타냈다. 백인에게 고용되어 칼라반 코로의 모래항에서 정비공으로 일하는 아버지는 직장에서 돌아와 있었다. 그곳에서 일하는 여자들도 많았는데 어머니도 가끔씩 거기에서 일했다. 그건 아주 고된 일이었다. 비록 기계 부품이 모래와 자갈 주머니보다 덜 무겁기는 하지만 아버지 역시 일을 마치고 돌아오면 녹초가 되었다. 그날, 아버지는 기름투성이 옷을 벗어 바구니에 집어넣고 자리에 앉았다. 그러고는 아이스박스에서 차가운 물을 꺼낸 뒤 이탈리아 인에게 맞은편에 앉으라고 권했다.

"그러니까 내 아들을 '독수리'로 만들고 싶다고요?"

"그렇습니다……. 그게 제 일입니다. 황금 채굴꾼이라고 할 수 있죠. 제가 가난에서 꺼내 준 아이들만 해도 벌써 여럿입니다. 아드님이 스스로 노력한다면 가능하지요……."

"아시다시피 내 아들은 썩 괜찮죠……."

"그렇더군요. 뛰는 모습을 봤는데 장래가 밝아요. 그래서 제가 여기 온 겁니다."

"그럼 해야 할 일이 뭐죠?"

"솔직하게 말씀드리지요. 아드님 쿠난디는 나이에 비해 뛰어난 재능을 갖고 있어요. 물론 최종 판단을 내리는 사람은 제가 아니긴 합니다만."

"아니, 지금 그게 무슨 말이지요?"

"토리노에서 유벤투스의 테스트를 받아야 할 겁니다. 그리고 아마 다른 곳에서도요. 세비야라든가……."

"세비야? 프레테릭 카누테가 있는 팀 말입니까?"

"맞아요, 맞습니다. 스페인에 있는 바로 그 팀요. 거긴 아주 확실하죠."

"어떤 식으로 일이 진행되죠? 누가 내 아들을 돌보나요?"

"알고 계시겠지만, 전 대형 축구 클럽들과 손잡고 있습니다. 모든 체계가 잘 잡혀 있어서 쿠난디는 학교도 다니고, 보살핌 속에 숙식도 제공받을 겁니다. 그리고 처음부터 적지만 월급도 받게 됩니다."

"월급이라고요? 공을 차라고 돈을 준다고요? 우리나라에 이런 말이 있지요. '거짓말에 꽃은 피지만 과일은 열리지 않는다.' 그 말 정말인가요?"

"그럼요. 사고 싶은 물건을 살 수 있도록 매달 적은 금액이지만 돈을 받게 될 겁니다. 물론 그러자면 말리를 떠나야 하지만요. 비행기를 타야 하는데, 그러려면 돈이 듭니다."

"돈이요? 얼마나 필요하죠?"

"셈을 해 봐야겠지만, 적어도 이천은 들 겁니다."

"2,000프랑?"

"아니죠. 2,000유로죠."

"2,000유로라고요?"

"그렇습니다. 대략."

"세상에. 그건 내 형제들이 파리 지하철에서 청소부로 일하거나 공사판에서 막노동을 해 가며 꼬박 두 달은 벌어야 할 액수요! 2,000유로라고! 내가 여기서 그만한 돈을 모으자면 거의 이 년은 걸리는데."

"압니다, 알아요. 하지만 그 돈은 곧 다시 거둬들일 수 있답니다. 쿠난디가 조금이나마 돈을 보내 줄 테고, 만약 대형 클럽에 들어간다면 이 더위에 정비 일을 하러 가실 필요도 없어질 겁니다."

"2,000유로…… 2,000유로……."

아버지는 이탈리아 인이 방금 당신 가슴팍에 주먹이라도 내지른 것처럼 같은 말만을 되뇌었다.

"큰돈이야, 큰돈⋯⋯."

아버지는 병에 남아 있던 소다수를 벌컥벌컥 들이켰고, 트림을 했다.

"친구도 있고 이웃도 있고 친척도 계시지 않습니까?"

이탈리아 인이 말을 이었다.

"그런데요? 우리 마을 전체가 가족이죠."

"그 사람들 도움을 받으면 되잖습니까! 돈을 조금씩 빌리세요. 그럴 만한 가치가 있답니다."

"마을 사람들에게 빌려서 그 큰돈을 만들라고요? 자기 자식들 먹여 살릴 것도 없는 사람들이에요! 그 사람들이 무슨 수로 내게 돈을 빌려 주겠어요?"

아버지가 거친 목소리를 냈다.

이런 말들이 오가고 있을 때, 나는 식탁 건너편에서 두 사람을 바라보며 그들의 대화가 우리 말리 사람들이 좋아하는 조와 과일 혼합 음료인 무구지라도 되는 양 마구 빨아들였다. 내 미래가 왔다 갔다 하는 중이었고, 고작 그 한 줌의 지폐에 내 미래가 걸려 있었다. 나는 아버지가 모집책에게 넘어가기를 바랐지만, 아버지가 당장이라도 레드카드를 꺼내 흔들며 모집책을 대기실로 쫓아낼 것만 같기도 했다. 그 약아빠진 인간도 위협이 다가오고 있음을 느낀 모양이었다. 이탈리아 인은 벌떡 일어서서 작별 인사를 하고는 이삼일 후에 다시 들를 테니 잘 생각해서 결정을 내리라고 했다.

"그런데 잘 생각해 보시기를 바랍니다."

그가 말을 이었다.

"앞다퉈서 아드님을 데려가겠다고 할 대형 클럽들 생각을 해 보세요. 정말이지 아드님은 유망주라니까요. 제 말을 믿으세요."

학교에서 배운 라퐁텐 우화에 등장하는 여우 앞의 까마귀●처럼, 이제 내가 느끼는 건 더 이상 기쁨이 아니라 자랑스러움이었다. 그리고 내 가슴도 부풀어 올랐다. 유벤투스를 내세우는 그 작자는 내가 오랫동안 거들먹거리게 내버려 두지 않았다. 그는 재빨리 공격에 나섰다.

"계가 뭔지는 아시죠?"

"계요?"

아버지가 되물었다.

"그거야 우리식으로 하는 은행 같은 거죠."

"바로 그거예요! 그런 식의 계를 처음 만든 사람이 이탈리아의 은행가 로렌초 톤티라는 건 아세요?"

"그래요? 몰랐어요. 난 우리 동네 누군가 했죠. 아니면 옆 동네

● 라퐁텐은 1600년대 프랑스의 작가로 그때까지 구전되던 이솝 우화를 정리했다. '여우 앞의 까마귀'란 여우의 아부에 우쭐해져 입에 물고 있던 고기를 놓친 까마귀의 어리석음을 일컫는 표현이다.

사람이든가. 당신네들 참 대단하군요!"

"그러니까 그 계를 이용할 생각도 해 보세요. 그리고 쿠난디의 어머니께도 말해 보시고. 어머님이 모래항에서 카누를 타고 일하신다죠?"

이 말을 마지막으로 모집책은 돌아서서 우리 집 앞을 겹겹이 둘러싼 사람들 사이로 사라져 버렸다. 소문이 벌써 마을을 한 바퀴 돌았던 것이다. 사람들은 몸을 굽혀 나를 애정이 깃든 눈길로 지그시 바라봤고, 마을에 기세 좋게 퍼져 나간 소문대로라면 나는 벌써 토리노의 유벤투스에 입단한 셈이었다. 내가 미처 입을 열기도 전에 친구들은 내게 축하 인사를 건넸고, 마을 어른들은 내가 메카 성지 순례를 다녀온 독실한 이슬람 신도라도 되는 양 내 머리카락을 쓰다듬었다.

아버지는 곧 잔치를 벌이겠다고 약속하며 몰려든 사람들을 물리치고는 얼른 문을 닫아걸었다.

"아니, 그 사람은 대체 어디서 그 어마어마한 돈을 빌리라는 거야? 백인들은 다 제정신이 아니야!"

그러더니 아버지는 내게로 와 어깨를 쥐었다.

"쿠난디, 어디 얘기 좀 해 봐라. 놈들, 그 백인 놈들에게 본때를 보여 줄 수 있겠니? 네가 그럴 수 있는지, 네가 전사의 자질을 타고났는지, 어디 한번 말해 봐라."

"저도 모르겠어요, 아버지."

내가 대답했다.

"거긴 멀어요. 하지만 부자가 되고 유명해져서 돌아올 수 있어요. 그렇게 되면 아버지는 항구에 일하러 가지 않으셔도 될 테고, 엄마도 카누에서 허리가 부러져라 그 무거운 자갈을 짊어지지 않으셔도 되겠죠."

"아들아, 정말 그런 일이 가능하다고 생각하니? 하긴 속담에도 '인내 끝에는 하늘이 있다.'고 한다마는. 네 큰아버지는 이 일을 어떻게 생각하시는지 내 한번 가서 물어보마. 그리고 바카리 어르신도 보고 오도록 하지."

4
곗돈

　이탈리아 인의 말과 아버지가 그에게 했던 질문들이 계속 머릿속을 맴돌아 밤잠을 이루지 못했다. 아버지도 친척들이 돈을 모아 주면 되지 않느냐는 이탈리아 인의 말을 생각하고 있을 게 뻔했다. 2,000유로. 우리로서는 상상도 할 수 없는 액수인 것은 사실이다. 그만한 돈이면 오토바이 네 대나 사헬 지역의 염소 떼를 사고도 돈이 남아 모래 수송에 쓰는 모터 달린 카누까지 살 수 있다. 어둠을 응시하는 내 눈앞에 한 줄로 늘어선 2,000이라는 숫자들과 함께 유벤투스와 맨체스터의 유니폼이 춤을 췄고, 관중의 환호성이 울려 퍼졌다. 문을 열면 꿈이 펼쳐질 테니 이제 그 값을 지불해야 했고, 난 그 어떤 일이라도 할 준비가 되어 있었다.

그 뒤로 며칠 동안 쭉, 아버지와 마주쳐도 감히 묻지 못했다. 예전보다 집 밖으로 나가는 횟수를 줄였지만, 어쩌다 길에서 마주치는 호기심 많은 사람들은 출발이 언제냐고 물어 댔고, 다른 사람들은 비행기 표를 구경하고 싶어 했다. 로열 모로코 항공의 바마코-파리 직항 편으로 여섯 시간 구름을 뚫고 비행하면 다른 세상에 도착할 텐데, 이탈리아든 영국이든 나는 그쪽 구단의 유니폼 색깔과 축제 분위기의 관중석만은 알고 있었다. 위성 안테나는 우리에게 세상 구석구석을, 그 먼 나라들의 하늘과 거리를 보여 주었다.

그러던 어느 날 저녁, 나는 아무것도 모르고 있었는데 트라파니 씨, 그러니까 그 선수 모집책이 아버지와 함께 번쩍거리는 택시를 타고 집에 왔다. 두 사람은 자리를 잡고 앉더니 내게도 와서 앉으라고 했다.

"봐라, 쿠난디. 행운에 자꾸 집적대다 보면 가끔씩 실제로 행운이 찾아오기도 한다. 네 행운은 바로 너의 가족이구나. 친척들이 돈을 모아서……."

나는 트라파니 씨의 말을 가로막고는 기쁨과 부끄러움이 뒤섞인 표정으로 아버지를 바라보며 방금 한 말을 다시 한 번 해 달라고 부탁했다.

"그러마. 너도 분명하게 들었잖니. 집 짓는 데 보태 쓰라며 각자 벽돌을 한 장씩 들고 와 준 셈이야. 우린 네 출발에 필요한 돈을 마련했단다."

"네 친척들이 탁월한 선택을 한 거야. 이제 곧 네가 뭔가를 보여 줘야 할 차례가 올 거다."

그때만 해도 몰랐지만 당시의 나는 하나의 상품이, 물물 교환 대상이 된 것이었다. 내가 한 번도 본 적 없던 서류들에 아버지가 서명했다. 이러고저러고 간에 아버지는 글을 모르니, 그 양복쟁이가 뭐라고 썼는지 어찌 알 수 있었겠는가? 아버지는 텔레비전의 복권 추첨 시간에 숫자들이 춤추는 것을 보면서 고작 숫자 읽는 법을 깨쳤을 뿐이다.

그 서류는 그저 종이에 불과했다. 서류 하단에 적혀 있는 금액만이, 대리인에게 넘겨줘야 하는 그 금액만이 중요했으니까. 곗돈으로 가축을 사거나 강가에 땅뙈기를 마련하지 않고, 가족의 일원을 프랑스로 보내는 것은 처음이었다. 프랑스. 청소부들의 프랑스. 청소부들에게 프랑스의 수도는 파리가 아니라 파리 외곽 지역인 몽트뢰유였고, 말리 사람들은 모두 그곳을 알고 있었다. 말리 출신 청소부들은 비위생적인 숙소에서 생활하며 서너 달을 꼬박 일해서 빚을 갚았다. 그런 생활을 하는 사람들이 자기 입으로 떠벌리지 않아도 위성 방송만 보면 체류자들 대부분이 어떻게 생활하는지 충분히 알 수 있었다.

아버지의 머릿속에서는 내가 청소부들과 같은 체류자일 리가 없었고 그 때문인지 아버지는 자부심을 느꼈던 것 같다. 나, 쿠난디는 녹초가 되도록 청소하거나 막노동하기 위해서가 아니라 축구공을 차려 떠나는 거였다. 아버지는 사람들이 날 애지중지하며 거의 신처럼 여기게 될 터이니 나의 형제자매와 돈을 빌려 준 친척들 한 사람 한 사람을 위해서 탁자 구석에 돈다발을 쌓기만 하면 된다고 생각했을 것이다. 그리고 바마코 세노우 공항으로 일 년에 두 번씩 나를 데리러 오는 자신의 모습을 그렸을 것이다.

"곧 아시겠지만, 후회하지 않으실 겁니다. 그리고 아드님이 매일 전화드릴 겁니다."

트라파니 씨가 약속했다.

"언제 프랑스로 떠나지요?"

"비행기 표를 가지고 일주일 후에 다시 오겠습니다. 쿠난디의 소지품을 꾸려 두세요. 작은 가방 하나 정도로요. 따뜻한 옷가지하고⋯⋯."

"따뜻한 옷가지라뇨!"

아버지가 화들짝 놀랐다.

"여기에 그런 게 있을 리가 있나요⋯⋯."

"따뜻한 옷이 필요합니다. 유럽의 4월은 여전히 춥거든요."

"알아보리다."

"자, 그럼 이만. 아직 두 가족 더 만나 봐야 해서⋯⋯."

그 이탈리아 인은 나가면서 조금의 망설임도 없이 우리 가족이 모아 준 돈을 주머니에 집어넣었다. 부모님과 나, 우리 셋은 한참 동안 아무 말 없이 가만히 있었다. 어머니는 곧 떠나갈 아들을 생각하며 벌써부터 눈물 바람이었고, 아버지는 자신이 돌이킬 수 없는 실수를 저지른 것은 아닌지 스스로에게 묻고 있는 듯했다. 하지만 아버지는 아무 말도 하지 않았고 멀거니 허공을 바라보며 코란 몇 구절만 읊조렸다. 이 모든 일이 무사히 진행되기를 비는 기도 같았다. 별일 없이 비행기를 타고 무사히 프랑스에 도착하기를 빌었을 것이다. 아프리카에서 종종 일어나는, 대륙을 찢어발길 듯한 전쟁보다도 훨씬 비인간적이었던 전쟁에 증조할아버지가 끌려 나갔다 돌아가신 뒤로 결코 발을 들여놓고 싶어 한 적 없던 그 나라에 말이다. 아버지는 또 내 몸이 날쌔고 단단하기를, 이제는 아버지의 꿈이기도 한 내 꿈이 이루어질 때까지 내 몸이 잘 버텨 주기를 빌었다. 이탈리아 인이 돈을 챙겨 간 그 순간부터, 마을 사람들 모두가 나를 의지할 것이고 그들을 실망시켜서는 안 된다는 것을 알았다. 금은보화와 영광에 둘러싸이지 않고서는 집으로 돌아올 수 없을 것이다. 그리되지 않는다면 그건 내게도 내 친척들에게도 수치이리라. 나를 믿었던 사람들 모두에게도. 또한 내 친구들, 디알로, 다우다, 삼바를 위해서도 성공해야만 했다. 그리고 비둘기들이 날아와서 내려앉는 다정한 이브라히마를 위해서도 말이다.

5
포르밀 1 호텔들

비행도, 하늘을 날아서 온 여행도 더는 기억나지 않는다. 오랜 시간 좌석에서 꼼작도 않고 눈을 감은 채 내 운을 시험해 볼 수 있게 되어서, 잡지 아니면 텔레비전에서나 볼 수 있었던 선수들과 나란히 겨룰 수 있게 되어서 나는 얼마나 행복한가 하는 생각만 했다. 아침 훈련마다 그들과 똑같은 공을 차게 되겠지. 고향에 두고 온 가족 생각에도 불구하고 그러한 시작을 그려 보며 잔뜩 흥분했지만, 말리에 남아 큰 욕심 부리지 않고 사촌 바하만처럼 바마코의 졸리바에서 뛸 수 있었다는 생각도 들었다. 물론 그리되면 구멍 난 축구화를 신을 테고 골을 넣은들 보너스는 구경도 못 했겠지만, 골을 넣고 나서는 사촌과 함께 앙골라에서 건너온 군무 쿠두로를 출

수 있었을 것이다. 요컨대 다른 두 명의 기대주들과 함께 비행기에 올랐을 때 난 붕 뜬 상태였다. 4월의 어느 화요일이었던 것 같다. 아프리카 네이션스컵*에서 우리 말리 팀은 잘난 무승부를 기록한 후 알제리에게 지는 등 지지부진한 상태였다. 우리 팀은 대회에서 탈락했는데 선수들이 평소 실력도 발휘하지 못했다. 아마 유럽의 겨울을 나고 대회를 치르느라 피곤했든지 아니면 축구라면 신물이 난 상태라 그저 형식적으로 아프리카에 왔던 것인지도 모른다. 심지어 카메룬 국가 대표 '불굴의 사자들'도 전날 경기에서 약체 잠비아를 꺾기 위해 바삐 뛰어다녀야 했다. 그 경기들이 그렁그렁한 어머니의 두 눈과 나를 차마 바로 보지 못하는 아버지의 시선을 피해 서둘러 떠나온 내가 마지막으로 가져온 기억들이었다.

내 길동무들은 각각 이름이 사미와 라사나였고, 그 말쑥한 정장 차림의 이탈리아 인이 바마코의 다른 마을들을 돌면서 골라낸 아이들이었다. 그 백인은 아무 근심 걱정 없이 승무원이 건네주는 음료를 한가롭게 홀짝거리고 있었다. 그는 싱싱한 몸뚱이들을 구매하고 난 뒤였지만 우리는 자신들이 팔렸다는 사실을 알지 못했다. 그 때문에 우리 부모에게는 앞으로 오랜 세월 출혈을 감당할 일만 남았지만 백인은 전혀 개의치 않았다. 그는 우리가 비행기 트랩에

---

* 아프리카 축구 연맹 주최로 이 년에 한 번씩 열리는 아프리카 대륙 국가 간의 축구 대회.

발을 들여놓은 순간부터, 자신을 꼬박꼬박 '트라파니 선생님'이라 부르라고 했다. 다른 호칭은 절대 안 돼. 프랑스에 도착해서 거대한 공항에 내리니 내가 너무나 작고 군중 속에서 길을 잃은 것처럼 느껴졌다. 이탈리아 인은 우리를 택시에 태워 십여 개의 상점들이 밀집한 구역 한 귀퉁이에 자리한 호텔로 데려갔다. 모든 것이 부족한 나라에서 온 우리에게 호텔 내부는 엄청난 호사로움으로 다가왔다. 전깃불, 수돗물, 푹신한 매트리스, 심지어 방마다 놓인 텔레비전까지. 우리가 묵을 방은 3인용 침실로, 2층 침대의 1층은 2인용이었고, 2층은 1인용이었다. 우리는 알아서 나눠 잤다.

저물녘에 트라파니가 우리를 호텔에 처박아 두고 떠났을 때만 해도 우리는 그가 얼마간의 음식과 좋은 소식을 들고 곧 돌아오리라고 생각했다. 우리가 토리노행 길에 오를 날을 상상하며 말이다. 저녁이 됐는데도 그는 돌아오지 않았고, 나는 친구 둘과 음료 자판기 주위를 서성였다. 마지막 계단에 엉덩이를 붙이고 있는 우리를 본 투숙객이 거기서 뭐 하느냐고 물어 왔다. 라사나가 영광과 밤을 보내기 위한 약간의 빵 조금과 무엇보다 트라파니를 기다리고 있다고 간단하게 설명했다.

"이런, 얘들아. 그러다가 배고파 죽겠다! 그 빌어먹을 이탈리아 노는 어디 갔는데?"

"누구요?"

"이탈리아 인 말이다! 그놈의 트라파니!"

우린 아무것도 몰랐고, 침묵이 우리가 할 수 있는 대답의 전부였다.

"따라와라. 바로 옆에 카페테리아가 있단다. 뭔가 먹을 걸 사 주마."

"카페테리아요?"

"그래. 음식을 사 먹을 수 있는 곳이란다."

그런 미지의 세계와 곧 마주칠 거란 사실에 겁에 질리다시피 한 우리는 추운 날씨에 얇은 옷차림이라 이를 딱딱 맞부딪치면서 그를 따라갔다. 그 남자는 약속대로 우리를 마치 친자식들인 양 먹여 주었다. 그리고 데려다 주면서 자기도 버림받은 아이였다고, 부당한 건 참을 수가 없노라고 설명했다. 그는 트라파니에 대한 분노를 터뜨렸다.

"그 빌어먹을 이탈리아노가 적어도 아침 식사를 주라는 말은 해 놓고 갔겠지? 알겠다. 그 자식이 너희들을 여기에 그저 짐짝처럼 부려 놓았구나, 그렇지?"

아무도 대답하지 않았다. 당황하여 침묵만 지키는 우리에게 그는 내일 떠나기 전에 호텔 주인과 얘기해서 그 문제를 해결해 주겠노라고 말했다.

"애들아, 행운을 빈다. 너희들이 유명해지면 적어도 내게 사진 한 장은 보내 주렴! 알았지? 자, 잘 자라."

그와 헤어지고 우리는 다시 방으로 올라갔다. 여행으로 쌓인 피로 때문에 우리는 죽은 듯이 잤다. 이탈리아 인은 이튿날 정오쯤 우리를 보러 들렀고, 샌드위치를 하나씩 나눠 줬다. 우리는 그 샌드위치가 하루치 식사라는 것을 알지 못했다. 그 뒤로도 이탈리아 인은 가끔씩 들렀지만 이내 다시 사라져 버렸다. 기다리는 동안 우리는 창밖 주차장에서 일어나는 일들을 멀거니 바라봤다. 주차장으로 가서 깡통을 차며 축구를 하기도 했다. 호텔에 들른 트라파니 씨는 우리를 자신의 'F1* 레이서들'이라고 부르면서 일이 잘되어 간다고, 곧 다른 사람이 우리를 맡으러 올 거라고 장담했다. 주말이 되자 그는 완전히 모습을 감췄다. 다른 사람이 대신 왔지만 우리는 그에 대해 아무것도, 이름도 역할도 알지 못했다. 그 사람은 우리를 자동차에 태워 바깥 공기를 쐬게 해 주고 시내 구경을 한 바퀴 시켜 줬다. 그 자동차는 휘발유 냄새가 풀풀 나는 것이 바마코 시내를 돌아다니던 낡아 빠진 자동차들을 떠올리게 했다. 파리 다카르 경주**에 참가한 자동차들이 기적적으로 사막을 건너 말리까지 들어오고는 했는데 그렇게 엉망진창이 된 자동차들은 행상이 모는 트럭이나 녹색 합승 택시로 탈바꿈했다. 파리다카르 경주의 코스가 말리를 지나지 않게 된 요즘도 사막을 건너서 말리까지 굴러 들어오는 자동차들이 여전히 있었다.

* 국제 자동차 연맹(FIA)이 주관하는 자동차 경주 대회.
** 프랑스의 파리에서 출발해 아프리카 서부 세네갈의 다카르에 이르는 자동차 경주. 세계에서 가장 어려운 경주로 알려져 있다.

우리는 그 운전사가 모는 자동차를 타고 프랑스의 봄을 발견했다. 이곳의 계절에 대해 아는 바가 전혀 없던 우리에게는 제법 쌀쌀한 봄. 그러던 어느 일요일 아침, 그 남자가 새벽에 우리를 데리러 와서는 빨리 옷을 입으라고 했다. 어떤 축구팀에서 테스트를 치러야 한다는 것이었다. 그 사람이 알려 준 팀 이름은 라 모트뵈롱이었다. 그 이름을 들어도 우리에게는 아무것도 떠오르지 않았다.

"라 모트뵈롱이라고."

그가 우리에게 깊은 인상을 심어 주려는 듯 한 번 더 강조했다.

"근사한 모험은 이제부터 시작이야. 이제 팔다리의 녹도 좀 닦아 내고 너희가 누군지도 보여 줄 수 있을 게다. 자, 서두르라고!"

그는 바나나 한 개와 오렌지 주스 한 병을 아침이라고 건넸고, 우리는 그의 '합승 택시'에 올라탔다. 자동차는 주차장 가득 매연을 뿜어내고서야 달리기 시작했다. 우리는 잠들어 있는 농촌 마을을 지나쳐 강을 따라 혹은 푸른 숲을 따라 달렸다. 여행은 한 시간 남짓 걸렸다. 우리는 반쯤 졸며 미지의 프랑스가 내보이는 최초의 풍경들을, 우리가 살던 곳 주변에서 보았던 것들과 닮은 구석이라고는 하나도 없는 그런 풍경들을 발견했다. 자동차가 커다란 철문 앞에 멈춰 섰다. 경기장에 도착한 것이었다. 레 브뤼에르 경기장.

6
레 브뤼에르 경기장

아침 추위에 온몸이 얼어붙은 우리는 이곳에, 우리 고장의 저지대 주변 땅보다도 훨씬 기름진 흙이 깔린 이 장소에 무엇을 하러 온 건지 물었다. 우리 모두는 모집책이, 진짜 모집책이 오늘 중으로 뭔가 좋은 소식들을 가져오기를, 그리고 저녁에 호텔에서 식사할 수 있게 약간이나마 돈을 주기를 바라고 있었다. 하지만 우리에게는 오래 징징거리고 있을 시간이 없었고 한판 붙고 싶은 욕구—적어도 나의 경우에는—는 그대로였다. 나는 성공하려고 이곳에 왔는데 추위에 이를 몇 번 부딪쳤다고 내 투지가 꺾일 수는 없었다.

"청소년 선수권 대회란다."

운전사는 우리에게 설명해 주고 싶은 모양이었다.

"내가 너희 이름으로 참가 신청을 했다."

"설마 우리 셋이서만 뛰는 건 아니죠?"

"쿠난디, 물론 아니야. 너희들을 다른 팀에 넣을 거다."

다른 팀이라는 말에 궁금증이 일었으나 어쨌든 마음이 놓인 우리는 그를 따라 경기장 입구로 갔다. 운전사는 입구에서 누군가를 만나게 해 달라고 부탁했다. 녹색 야구 모자를 쓴 남자가 만면에 웃음을 띠고 나타나서는 운전사와 열렬한 악수를 나눴다. 그가 우리 쪽을 바라보며 말을 꺼냈다.

"자네가 오늘 아침 가져온 물건들은 어떤가? 그저 쓸 만하기를 바라네……."

그는 웃음을 터뜨리더니 우리보고 따라오라고 했다. 우리는 분부대로 했다. 고개를 푹 숙이고, 그토록 오랫동안 밤마다 꿈꿨던 함성과는 동떨어진 곳에 뚝 떨궈진 우리 모습에 어리둥절한 채. 관중석 뒤에는 우리처럼 아프리카에서 온 아이들 몇 명이 서 있었다.

"자, 나머지 선수가 왔다. 오늘은 내가 감독 노릇을 해 주마. 탈의실로 가서 운동복으로 갈아입고 잠깐 얘기를 나누자꾸나. 난 로베르라고 한다. 하지만 오늘 너희에게만은 기꺼이 봅(Bob)이 되어 주지."

그는 그 말을 우스갯소리라고 한 모양이었지만 봅이 로베르의 애칭이라는 걸 모르는 우리는 그 누구도 반응을 보이지 않았다. 복도 끝에 이르자 뵘이 어떤 방의 문을 열어젖히고는 벽에 붙은 벤치에 가서 앉으라고 했다. 새로 동료가 된 아이들 대부분은 우리만큼이나 추위와 습기에 놀란 듯했다. 피곤에 절어 눈 밑이 검게 무리진 데다가, 그중 몇 명은 몸에 비해 너무 큰 외투를 입고 있어서 옷 속에 잠겨 허우적대고 있는 것 같았다. 운전사는 어느샌가 감쪽같이 증발해 버렸다.

"자, 이게 오늘 대전표다."

뵘이 설명했다.

"우선 두 팀, 낭트 그리고 앙제와 맞붙는다. 너희가 계속 이기면, 내일 준준결승전을 치르고…… 그리고 누가 알겠냐? 준결승과 결승까지 올라갈지. 터치라인 근처에 대형 축구 클럽에서 나온 스카우터●들이 서 있을 거다. 잘 보이는 건 너희들에게 달렸어. 하지만 주의할 점이 있다. 너희 멋대로 하는 건 당연히 안 된다. 지시를 내리는 사람은 나야. 우선, 각자 어떤 포지션인지 밝히면서 자기소개를 하자. 시작할까?"

우리는 정확히 열네 명이었는데, 단 한마디도 입 밖에 내지 못하고 그저 서로를 멀뚱멀뚱 바라만 봤다.

"자, 어서! 아침 내내 이러고 있을 거냐. 그럼 이쪽부터 시작하

● 우수하거나 장래성이 있는 운동선수 또는 연예인 등을 물색하여 발탁하는 일을 전문으로 하는 사람.

자! 이름과 평소 포지션을 말해 봐."

봄 맞은편에 있던 아이가 명령대로 했고 그다음에는 그 옆의 아이, 그리고 내 차례가 되었다.

"쿠난디. 바마코에서 왔습니다. 전 10번 공격수 자리에서 뛰고 싶어요."

"몸집이 꽤 작군. 번호 부여는 내가 알아서 한다. 자, 다음……."

아이들이 이름과 선호하는 포지션을 밝히면 감독은 수첩에 일일이 기록했다. 다른 아이들보다 머리 하나는 족히 큰 커다란 사내애만이 시합에 나갈 게 확실했다. 조제프앙투안이라는 아이였는데 골키퍼라고 했다. 다른 아이들에게 출전 여부란 어느 정도 제비뽑기나 운수 같은 것이리라. 봄은 가방에서 깃과 소매만 붉은색으로 장식된 흰색 유니폼과 같은 색깔의 양말을 꺼내어 우리에게 나눠 줬다.

"축구화는 갖고 있나?"

이 우스운 질문에 대답한 사람은 아무도 없었다. 사실, 아프리카에서는 종종 맨발로 뛰어 버릇했고 가끔 너무 낡아서 형체만 남아 있는 농구화를 신는 정도였으니까. 봄은 우리가 신고 있는 과거의 유물들에 흘낏 시선을 주더니 운동화 몇 켤레를 내놓았다. 이미 여러 번 신었던 흔적이 확연했지만, 먼지가 풀썩이는 공터에서 시합할 때 가끔 신어 봤던 신발들에 비하면 거의 새것처럼 보였다.

"좋아. 얘들아, 내 말을 잘 들어라. 시합 전에 보나 마나 너희 생년월일을 물어볼 거다. 그런데 너희에겐 선수 자격증이 없잖니. 그러니 대답은 내가 하마, 알겠지? 그리고 아무튼 모두 아직 열여섯 살이 안 된 거다. 이 말을 머릿속에 잘 넣어 둬라. 안 그러면 너희를 데려가려는 사람이 아무도 없을걸. 사실 열여섯 살도 대형 클럽에 들어가기에는 이미 나이가 많단다."

다행히 나는 고작 열네 살이어서 나이를 떼어 먹힐 걱정은 전혀 없었다. 이미 열여섯 살인 아이들(이 아이들의 실력은 평균 이상이라 원하는 곳이 많았다.)은 두 눈 질끈 감고 모집책들에게 여권을 내주고 말았을 게 틀림없었다. 올드 트래퍼드, 안필드 로드, 스타드 벨로드롬.* 화려한 목적지들, 꿈의 경기장들을 향한 다음번 비행기 여행을 기대하려면 달리 어쩔 도리가 없었을 테니까. 하지만 지금으로서는 낭트 클럽의 아이들과 맞붙는 일이 문제였다. 노란색과 녹색이 섞인 유니폼을 입고 있는 낭트 아이들의 힘과 기술은 압도적인 듯했다. 그 팀에는 마치 우리를 침략자를 바라보듯 야릇한 눈길로 바라보는 흑인 아이들도 여럿 있었다.

"전반전, 후반전, 각 이십 분씩."

심판이 선수들이 흩어지기 전에 알려 줬다.

우리는 이렇게 습한 날씨에 경기를 하는 데 익숙하지 않았고, 특

● 유럽 명문 축구팀의 경기장들. 올드 트래퍼드는 영국 맨체스터 유나이티드, 안 필드 로드는 영국 리버풀 FC, 스타드 벨로드롬은 프랑스 올랭피크 마르세유의 구장이다.

히나 뛰지 않은 지 여러 날이 되었기에 이글거리는 태양 아래 내던져진 개구리처럼 힘이 들었다. 제대로 준비했고 팀플레이에 익숙한 우리의 적들은 연습 게임이라도 뛰는 듯 보잘것없는 우리를 이용해 자신들을 돋보이게 했다. 잘해 보겠다는 마음과는 상관없이 우리는 공 한번 차 보지 못하고 마치 허공을 뛰어다니는 것만 같았다. 우리가 공을 차지하면 덩치 큰 사내애가 공을 빼내려고 무시무시한 태클을 걸며 돌진해 왔다. 우리는 속수무책으로 그러한 모욕을 당하고 있을 수밖에 없다는 사실에 잔뜩 성이 나서 서로를 돌아봤다. 그러거나 말거나 터치라인 부근에 서 있던 봅은 미소를 지으며 근처에 있는 사람들과 이야기를 나누고 있었다. 그 소문만 요란한 스카우터들인 모양이었다. 운동장 이 끝에서 저 끝으로 몰려다니던 우리로 말하자면 유럽 축구란 어떤 것인지 막 깨달은 참이었다. 힘과 전략의 축구.

7
처음부터 다시 시작

　저물녘에야 우리의 고난이 막을 내렸다. 내 차지가 되지 않는 공을 쫓아 몇 시간이고 이리 뛰고 저리 뛰어다닌 뒤에야 마침내 해방의 순간이 왔고, 우리는 지친 몸 위에 쏟아져 내리는 샤워기의 더운물을 누릴 수 있었다. 그러는 동안 봅은 바깥에 남아서 정체가 불분명한 스카우터들, 그리고 트라파니만큼이나 언변 좋은 모집책들과 주소를 교환한 모양이었다. 살살 웃으며 아버지에게서 엄청난 액수를 갈춰해 간 그 인물은 당분간 우리를 잊기로 한 것 같았다. 하지만 나는 그 인물이 유벤투스에 입단하는 문제를 논의하기 위해 토리노에서 우리의 도착을 기다릴 거라고 한 번 더 믿기로 했다. 비록 그 믿음에 금이 가기 시작했다 하더라도 하늘에서

빛나는 우리의 별을 보리라는 꿈을 계속 좇는 수밖에 없었다. 감독이 코끝으로 탈의실을 가리키며 들어가라고 했는데 우리에게는 청신호로 여겨졌다.

"내일 오를레앙에서 토너먼트*가 있다. 그쪽하고 다 얘기됐으니 경기에 나갈 수 있을 거야. 두고 보라고. 오늘보다 훨씬 나을걸. 재미있을 거다."

우리는 봅을 믿고 싶었다. 우리를, 내 동료들과 나를 여기까지 이끌었던 그 환상을. 아버지가 모집책을 앞에 놓고 그 요란스러운 계약을 체결하던 순간 다음과 같은 말을 되뇌던 어머니의 모습이 떠올랐다.

"부모가 돼서 버틸 도리가 없네요. 아이들 핏속에 축구가 들어 있으니. 이곳 애들은 전부 이래요. 축구 때문에 학교를 그만두지요."

하지만 어머니의 목소리는 감독의 목소리에 다시 덮여 버렸다.

"너희들을 위해 이 약속을 받아 내려고 고생고생했다. 너희가 스타가 되고 싶다면, 너희들의 삶을 뭔가로 만들고 싶다면, 내일은 다른 모습을 보여 줘야 할 거다."

말투가 바뀌어 있었다. 내가 살던 마을에서는 가축들에게 물을

• 경기 대전 방식의 하나. 경기를 거듭할 때마다 진 편은 제외시키면서 이긴 편끼리 겨루어 최후에 남은 두 편으로 우승을 가린다.

주려고 강가로 몰고 가는 사람들을 볼 수 있었는데, 그때까지만 해도 따뜻하고 신경을 써 주는 것 같았던 감독이 어느샌가 그런 가축 몰이꾼으로 바뀌어 버린 것만 같았다. 우리는 등에 번호가 찍힌 가축이었다.

"내일 두세 팀을 상대할 거다. 낭트 팀보다는 약할 거야. 내 장담하는데, 모든 게임에서 진다면 너희들은 걸어서 고향으로 돌아가게 될 거다."

그냥 하는 소리가 아닌 게 분명했다. 영광도 돈도 얻지 못하고 출발점으로 되돌아가야 하다니, 그런 생각은 아예 하지도 않는 게 낫다. 하지만 봅의 마지막 말은 레드카드를 꺼내 들기 전의 경고와 다름없었다.

"너희들이 이따위로 뛰는 모습을 보여 주려고 이 길을 쭉 걸어온 거였다면 다 때려치워라. 아데바요르든 뭔 독수리든 간에 헛꿈은 그만 꾸라고. 너희들은 지금 참새도 못 된다. 이런 수준이라면 너희들을 원하는 사람은 아무도 없을걸."

하지만 이 배불뚝이라고 해도 우리가 오래전부터 꿈꿔 왔고 여전히 꿈꾸는 세이두 케이타, 트라오레 혹은 시소코가 앞서 간 길을 따라가겠다는 의지를 앗아 갈 수는 없으리라. 나라마다 자신만의 우상, 자신만의 동방 박사들이 있는 법이다. 나는 눈을 감고도 말리의 국가 대표 선수들이 보여 줬던 몇 가지 동작들, 백패스들, 휙 날아가 그물을 출렁이게 만든 예상 밖의 강력한 슛들을 눈앞에 떠올릴 수 있었다. 정확하게 기억나지 않는 동작을 직접 해 보려고 지금도 한밤중에 벌떡 일어나고는 했다.

"자, 잊지 마라. 내일 새벽에는 유니폼을 입고 뻐기려고 온 관광객들이 아니라 병사들을 보게 되기를 바란다. 오늘 밤에도 평소처럼 호텔에서 한 방에 세 명씩 잔다. 식사는 알아서 챙겨 주마."

적어도 지금까지 보낸 밤들과 뭔가 달라지지는 않을 것이다. 물론 식사에 관한 말도 의심스럽기는 했다. 우리는 여기 와서 단 한 번도 쌀을 먹어 보지 못했고 날림으로 만든 샌드위치만 먹었다. 우리의 위장을 가라앉히자면 바마코의 싸구려 식당에서 팔던 우리 음식 마페를 눈앞에 그려 보는 수밖에 없었다.

"푹 자 둘 것. 밤에 복도를 어슬렁거리면서 탄산음료로 배 채울 생각은 하지도 말고."

탄산음료를 마시자면 돈이 필요했지만 지금까지 그 누구도 우리에게 돈 한 푼 내준 적이 없었고, 그건 우리와 한팀을 이룬 아이들도 마찬가지였다. 그 아이들의 여정도 모든 면에서 우리와 흡사했다. 야운데, 로메 혹은 소코도의 공터나 경기장에 나타난 모집책. 그 모집책이 허술하기 짝이 없는 허풍쟁이일지라도 그가 유럽과 수련 밭처럼 짙푸른 잔디 구장에 대한 말을 꺼내기만 하면, 그의 입에서 나온 한마디 한마디를, 그 거짓말들을 모조리 빨아들일 기세로 두 눈을 커다랗게 뜨고 함성을 질러 대는 한 무리의 사내애들. 이 아이들의 부모 역시 생이별을 위한 비행기 푯값으로 거금을 지불했고, 그중에는 그 일을 해치운 뒤 조금도 후회하지 않는 부모들이 제법 있었다. 하지만 거기서도 노후에 기댈 곳을 만들기 위해서 아이들을 키운다. 본래 아이의 양팔은 붙들기가 좋은 법이다. 그런데 그것이 두 다리가 된 뒤로는 엄청난 금액에 머리가 핑핑 도는 것이다. 제일 어린 축부터 제일 나이 든 축에 이르기까지 모두 신문 가판대 앞을 지나다니는데, 신문에는 축구의 신들이 받는 연봉이 대서특필되어 있다. 누구도 나란히 적힌 그 숫자들, 줄지어 지나가는 개미들보다도 많은 '0'들이 이어져 있는 그 숫자들에 무심할 수는 없다. 저녁나절에 시인들이 들려주는 이야기들조차도 불쑥불쑥 들려오는 유럽의 화폐 단위 때문에 끊어지기 일쑤다. 가난한 사람들이 종종 순진하다는 건 사실이다.

"그럼 내일 아침에 보자. 관광버스가 너희들을 데리러 갈 거다."

봅은 우리를 호텔 주차장에 내려놓은 뒤, 자신의 차를 몰고 멀어져 갔다. 우리처럼 피로의 무게에 휘청거리는 나머지 팀원들은 또 다른 운전자들이 데려다 줬다. 나는 우리가 피자 조각과 감자 칩을 먹고 밤새 멍청하게 앉아서 다 같이 텔레비전을 보며 시간이 흐르기를 기다리리라는 것을 이미 알고 있었다. 그러는 동안 우리를 둘러싼 밤안개는 세상의 시선으로부터 우리를 감춰 주리라.

8
칠판

　그다음 날은 다른 날들보다 나쁠 것도 없고 나을 것도 없는 하루였다. 눈을 뜨자마자 호텔 지배인의 배려로 하늘에서 떨어진 아침 식사를 허겁지겁 삼키고 아프리카의 오지에나 어울릴 법한 낡은 관광버스에 올랐다. 운전사는 거의 말이 없었고, 우리가 가방을 집어넣도록 짐칸의 문을 들어 올려 주면서 바나나 한 개씩을 내밀 뿐이었다. 그는 그것이 위대한 원숭이의 먼 후손들인 우리가 먹는 주식이라고 생각한 모양이었다. 바나나는 있었지만 감독이나 모집책 혹은 그저 우리를 이끌어 주거나 우리에게 그 어떤 소식이라도 전해 줄 사람은 그림자도 비치지 않았다. 운전사는 담배꽁초를 질겅질겅 씹다가 뱉어 버리더니 우리보고 자리에 앉으라고 했고,

모두가 앉자 출발했다. 한 시간이 채 안 걸려서 우리는 목적지에 도착했다. 라 수르스 경기장. 입구 위에 걸려 있는 팻말에 그렇게 적혀 있었다. 전날과 마찬가지로 확성기에서 흘러나오는 지시 사항들이 허공으로 흩어지는 동안 사내애들은 사방팔방으로 뛰어다녔다. 야구 모자를 쓴 어떤 남자가 우리에게 다가왔다.

"오늘은 내가 너희의 감독 노릇을 해 주마! 봅은 다른 데 갔다."

그는 억만년도 전부터 배불리 먹고 마음껏 잔 사람처럼 삶이 행복한 모양이었다. 그는 공이 든 그물주머니를 어깨에 메고, 한 손에는 스포츠 가방을 들고 있었다.

"난 마리위스라고 한다. 물론 마리위스 트레조르는 아니고! 그 선수도 너희처럼 흑인이었지. 오! 나와 아는 사이였단다. 지롱댕 드 보르도 팀에서 함께 뛸 뻔했는데 일이 어그러져 버렸지. 너희야 그걸 알 리가 없지, 응? 게다가 1982년에 마리위스 트레조르가 독일 상대로 넣었던 그 골은 또 어떻고! 제길, 포탄처럼 날아가 꽂혔단다! 선배들 이야기는 다른 기회에 한번 하자꾸나. 자, 앞으로 제대로 행동해야 한다. 제대로 행동한다는 것, 내게는 바로 모든 경기에서 이긴다는 소리지. 물론 반칙을 하라는 얘기는 아니다. 봅이 그러는데 너희는 작전이라는 게 아예 없고 오로지 공격만 있다더군. 하지만 서둘러 바꿔야 할 거다. 이곳 유럽에서는 수비부터 배우거든. 하다 보면 저절로 알게 될 거다! 자, 날 따라와라. 탈의실로. 칠판을 놓고 할 일이 있단다."

우리 가운데 몸이 성한 선수는 고작 열둘이었다. 두 명이 전날 입은 부상으로 다리를 끌고 있었다. 마리위스는 우리 할아버지 동네의 주술사처럼 잠자코 두 아이의 상처를 들여다보더니 선고를 내렸다.

"너, 넌 삼 일 뒤엔 뛰어다닐 수 있을 거다. 그런데 너…… 이름이 뭐였더라?"

"이사, 이사 미라보예요."

"아, 네가 이사로구나? 뽐이 너에 대해 좋게 말하더라. 하지만 너무 극성부리면서 공을 독차지하려다 보면 결국 험한 발길질을 당하기 마련이지. 누군가 뒤에서 태클을 걸었구나?"

"예."

"제대로 된 솜씨인데. 이곳에서는 단체로 경기를 한다. 단, 체, 로. 이 말을 머릿속에 잘 넣어들 둬라. 그리고 너, 이사. 네 여정은 여기서 끝인 것 같구나. 집으로 돌아가야겠다."

"집으로요? 집이라니, 어디 집이요?"

"어디긴. 자네가 떠나온 곳이지, 친구!"

"카메룬으로요?"

"그래, 자네 고향으로. 뽐도 그렇게 생각하더군."

"하지만 제겐 이제 서류도 없고 돈도 없는데요."

"그건 알아서 처리해 줄 거다. 알아서 해 줄 거야……. 어쩌면 터키에 가서 네 운을 시험해 볼 수도 있겠고."

"터키라니, 왜죠?"

"네가 터키에 가는 동안 다리가 좀 좋아질 수도 있으니까. 이스탄불에는 자기들끼리 훈련하는 아프리카 인들이 있거든."

"그런데 어떻게 터키로 가죠?"

"자, 지금은 그 이야기를 할 시간이 없다. 우선 우리 경기부터 신경 써야 하니까."

마리위스는 유니폼을 나눠 주고 포지션을 정해 줬다. 종이 위에 이름이 쭉 적혀 있고, 이름 옆에 번호를 함께 적어 놓은 것을 보니 아마도 봅이 지시한 대로인 것 같았다. 그 일이 끝나자 그는 분필을 집어 들고 자꾸 들먹이던 칠판 위에다가 일련의 단어들을 휘갈겨 썼다. 열성적 참여, 연대감, 자성, 겸손……. 그러더니 남은 공간에 우리 이름을 적고 이름 옆에 아무 방향으로나 화살표들을 그려서 길게 쭉쭉 잡아 늘였다. 그리고 그 미로 위 여기저기로 막대기를 옮기면서 우리에게는 아무 의미가 없는 어휘들을 사용하여 집단 전술에 관한 첫 번째 강의를 시작했다. 그가 분필을 그어 댈수록 축구는 더 이상 시합이 아니라 엇갈려 달리기, 대열의 중첩, 초접근 마크 게임이 되어 버렸다. 우리는 '초접근'이라는 말을 듣고 처음에는 웃었다. 하지만 그 웃음은 오래가지 못했다. 마리위스가 계속해서 "내가 원하는 건 초접근 마크다."라는 말을 되풀이했으니까. 그의 입에서 그 말이 나올 때면 그것은 명령, 의무에 관계되었다. 우리 대부분은 단 하나의 욕망, 골을 기록하겠다는 욕망만 있었는데 이 사내는 우리에게 다른 습관을 주입하려고 들었다. 내게는 알쏭달쏭하고 이상하기만 했던 강의가 끝나자 마리위스는 물병 세 개를 나눠 주면서 물을 많이 마셔 두라고 요구했다. 그의 설명에 따르자면 오늘의 성공 여부는 우리의 체력 회복에 달려 있다는 것이었다. 그래서 우리는 물을 마셨다.

"자, 이제 모두 밖으로 나가자. 몸을 풀고 준비해야지. 우선 맞붙을 팀은 르 투르 FC다. 별일이 벌어지지 않는 한 너희들은 그 팀을 무릎 꿇려야만 한다. 이건 장난이 아니야!"

물론이었다. 그 누구도 장난으로 할 생각은 전혀 없었다. 나는 경기를 지켜보고 우리를 평가할 사람들이 와 있는지 보려고 경기장 주위를 슬쩍슬쩍 둘러봤다. 그리도 오래전부터 들먹이던 그 소문만 요란한 대형 클럽의 특사들이 혹시 눈에 띌까 해서 말이다. 하지만 눈에 띄는 것은 아직 잠이 덜 깬 구경꾼 몇 명과 아마도 미래의 아프리카 출신 명선수들이 이 녹색 경기장에서 자라난다는 사실에 끌려서겠지만, 일요일 산책을 나왔다가 경기장까지 오게 된 늙은이 몇 명뿐이었다.

9
쓰러진 사자

우리는 어제보다는 조금 몸에 익은 동작으로, 시달리 할아버지가 기도를 올리며 염주 알을 하나하나 넘기듯 연방 골을 터뜨려서 투르 팀을 쉽사리 무찌르고 니오르 팀 역시 문제없이 물리쳤다. 정오의 휴식 시간 동안 승리를 기념하기 위해서 마리위스가 경기장 입구의 노점상에게서 사 온 양 꼬치를 배불리 먹었다. 너무나 오랜만에 고기 맛을 보게 된 우리는 굶주려 죽을 지경인 사람들처럼 양 꼬치에 달려들었다. 구석에 있던 이사 미라보는 식욕마저도 달아나 버린 상태였다. 나는 이사에게 다가가서 빵과 고기를 권했지만 그 애는 아직도 아침에 들었던 그 불길한 소식, 미지의 장소 터키를 향해 다시 떠나거나 수치스럽게도 카메룬으로 돌아가야 한다는 말에 온통 사로잡혀 괴로워하고 있었다.

"그가 한 말이 사실일까?"

이사가 내게 물었다.

"무슨 말이 사실이냐는 거야?"

"내가 부상 때문에 너희들과 헤어져야 할 거라는 말."

"글쎄…… 내일이 되면 더 좋아질 수도 있지 않을까……."

"과연 그렇게 될까. 정말로 아프긴 해. 이곳에는 치료사도 없고 기적이 일어날 것 같지도 않아."

나는 어떻게 하면 이 애에게 미소 비슷한 것이나 약간의 희망이라도 되돌려 줄 수 있을지 알지 못했다. 그는 '불굴의 사자'가 되기를 꿈꿨지만, 너덜너덜한 옷을 걸친 굶주린 사자 꼴이 될 위험에 처해 있었다. 나는 바마코를 떠나자마자 이 길이 쉽지 않으리라는 것을 이미 깨달았다. 차곡차곡 쌓아 올린 실망 목록에 이사의 슬픔이 막 덧붙여진 참이었다. 나는 마리위스라는 인물도 봅이나 트라파니처럼 이사나 우리 가운데 그 누구라도 얼마든지 미지의 장소로 떠밀 수 있다는 생각에 으스스해졌다. 최상의 경우에는 기차표를 한 장 들려서, 최악의 경우에는 격려랍시고 어깨나 한번 두드리며 이렇게 말하리라.

"그럼 몸 잘 추스르고 좀 더 건강해져서 우리에게 돌아오너라!"

이들은 아마도 무척 마음씨 좋은 사람처럼 그런 말을 하면서 조금도 망설이지 않고 주머니에 땡전 한 푼 없는 아이를 기차역에

버려두겠지. 나는 이 사람들이 서슴없이 그런 짓을 할 사람들임을 느끼기 시작했다. 이사 또한 축구 클럽들의 이름을 사람을 홀리는 노랫가락이나 춤처럼 가족들의 귓가에 되뇌며, 그런 클럽에서도 최고의 대접을 받게 될 거라고 약속했던 호객꾼의 손을 거쳐 왔다. 이사 역시 신문에 자그마하게 실린 경이로운 일들을 장담하는 광고를 읽었더랬다. '유럽 혹은 라틴 아메리카의 대형 클럽에서 뛸 수 있는 기회를 잡으세요. 연락처: 두알라, 사서함 23.' 첫 번째 면 담에서는 평범한 이야기와 약속을 주고받으며 이사가 벌게 될 돈 이야기만 했다. 두 번째 면담에서는 그 교활한 인간이 CFA 프랑●으로 300만 프랑을 요구했다. 모집책은 이사의 동작에 특별히 초점을 맞춰 이사가 구사하는 최고의 기술만 모은 비디오를 만들어 유명 클럽들에 돌리겠다고 했고 이사의 부모가 그 제작비까지 지불했다. 모집책은 이사의 부모에게 이 모든 것은 합법적이고 자신은 털끝만큼도 의심스러운 사람이 아니며, 만약 일이 예상대로 진행되지 않더라도 절대 이사를 진흙탕 속에 끌고 다니는 일은 없을 거라고 말했다.

이사가 열세 살도 되지 않았다는 것을 알자 그 호객꾼은 이사의 부모님을 집요하게 졸라서 서류를 위조하여 이사의 공식 나이를

● 아프리카 경제 공동체에서 사용하는 화폐로 처음에는 아프리카의 프랑스 식민지에서 사용하였다. 현재 아프리카 대륙의 14개국에서 사용 중이다.

더 올려도 된다는 허락을 받아 냈다. 일단 프랑스 땅에 발을 들이면 그 덕분에 더 많은 기회가 찾아올 거라는 구실을 갖다 대며 말이다. 호객꾼은 남아프리카 공화국에서 개최되었던 월드컵을 마치고 막 복귀한 유명 선수들의 사진을 보여 주면서 이 선수들의 재능을 일찌감치 알아본 사람이 자신이라고 자랑을 늘어놨다.

"보세요, 이 선수. 이 선수도 내가 발굴해 냈답니다. 허약해 보이기는 했지만 이미 장래성이 엿보였죠. 아, 그리고 저 선수. 저 선수는 모터 소리가 무서워서 나를 따라 비행기에 오르려고 하지를 않았답니다. 하지만 보세요. 지금 얼마나 성공했는지. 그 선수는 첫 번째 테스트에서부터 사람들을 홀렸답니다. 날 믿어요. 육칠 년 뒤면 댁의 아드님도 이런 사진들을 찍게 될 겁니다."

탈의실 벤치 끝에 앉아서 눈물을 글썽이던 이사가 다른 아이들이 옷을 갈아입는 동안 되새긴 건 바로 그런 기억이었다. 갑자기 좁은 공간에서 마리위스의 목소리가 쩌렁쩌렁 울렸다.

"지금 여기 편히 쉬러 왔나! 염병, 지금 무도회 가나! 유니폼 갈아입는 데 한 시간씩 걸리는 건 아니잖아. 제길, 정말이지 늘어졌구나!"

식사 시간이 끝나자, 준결승에서 맞붙게 된 팀을 물리치러 다시 나가야 했다.

"조금 전에 잠시 지켜봤는데 이번에 붙을 툴루즈 아이들은 제법 잘하더라. 수비, 허리, 공격 다 좋더군. 그러니까 그들보다 잘해야 한다. 필요하다면 발길질도 마다하지 말고. 얕보여서는 안 돼. 염병, 힘차게 뛰어다녀야지, 흐느적흐느적 춤을 추나. 나는 경기장에서 얌전 빼는 선수는 원치 않는다! 자, 몸을 풀어야지. 나가자! 쿠난디, 네가 주장 완장을 차라."

모두가 말없이 경기장으로 나가서 천천히 달리기, 제자리 뛰기, 단거리 전력 질주를 하며 가볍게 몸을 풀었다. 공을 몇 번 차고 나니 심판이 시합 시작을 알리는 호각을 불었다. 툴루즈 팀 선수들은 마리위스가 미리 말해 준 대로 뛰어났다. 십오 분이 넘도록 우리는 직사각형 모양의 경기장 구석구석으로 끌려다녔다. 다행히도 골대를 지키는 조제프앙투안이 자신의 손이 닿는 범위 내에 들어온 모든 공을 잡아 내고, 휘어져 들어오는 고약한 슛들을 쳐 내며 방어해 냈다. 그는 봐주는 게 없는 상대 선수들에게 맞아 머리통이 깨지고 코가 박살날지도 모를 위험을 무릅쓰며 땅바닥에 드러누워 축구화 앞에 머리를 들이밀었다. 터치라인에서는 마리위스가 고함을 질러 댔다.

"뛰라고, 염병! 움직여!"

전반전이 득점 없이 끝났다. 숨을 고르고, 자기 포지션으로 재빨리 복귀하고 적진에 들어가 압박하는 것을 주된 내용으로 하는 새로운 전술에 대해 감독이 설명하는 것을 듣고 난 후, 우리는 좀 더 자신 있게 다시 돌격에 나섰다. 툴루즈 팀 선수들에게서 피로가 짙게 느껴졌고 우리에게 유리하게 공간이 열렸다. 경기가 끝나기 몇

초 전, 세네갈에서 온 압둘라예가 수비수와 정면의 골키퍼를 웃음 거리로 만들었다. 결승전을 향한 문이 열렸다. 이렇게 좋은 소식이 안겨 준 설렘에도 불구하고, 나는 이미 다른 곳에 있기라도 한 것처럼 두들겨 맞은 표정으로 우리를 지켜보는 이사를 바라보지 않을 수 없었다. 경기 종료를 알리는 호각 소리가 울려 퍼지자 나는 이사에게로 달려가 그를 부둥켜안았다.

10
수도 몽트뢰유

    툴루즈를 상대로 승리를 거둔 즐거움도 잠시, 결승전에서 승부차기로 패배하고 피곤에 지쳐 나가떨어지자 분위기가 다시 약간 가라앉았다. 이미 승부에서 마음이 떠난 우리는 따뜻한 물이 쏟아지는 샤워기 아래에 가 섰고, 어찌나 기진맥진했던지 샤워기 밑에서 나오고 싶지 않을 정도였다. 실망은 컸지만 개구쟁이처럼 놀았다. 따뜻하고 축축한 바닥에 배를 대고 미끄럼을 타는가 하면 진흙범벅이 된 유니폼을 서로의 얼굴에 집어 던지기도 했다. 김이 오를 정도의 따뜻한 물로 몸을 씻으니 정말로 행복했다. 깨끗한 옷으로 갈아입고 난 뒤, 주장인 내가 준우승 팀에게 주는 트로피를 받았다. 트로피를 주는 사람은 친절했고 우리 모두에게 열렬한 축하를 건넸다. 내가 경계하기 시작한 부류의 백인들과는 완전히 달랐다. 그때만 해도 나는 백인들을 우리에게서 노다지를 발견하면 독차지하겠다는 목적뿐인 아동 사냥꾼으로, 희귀 조류 밀렵꾼과 같은 존재로 몰아붙이려는 마음은 없었다. 나는 활짝 웃으면서 트로피를 높이 치켜들었고 어쩌다 한번 축제에 참가해서 행복해하는 내 친구들이 나를 둘러쌌다. 이사의 구겨진 표정에도 불구하고 우리는 고향의 춤을 추었고, 그곳에 모여 있던 사람들은 재미있다는 눈길로 바라봤다. 이사가 맞게 될 운명이 우리 모두를 기다리고 있으며, 이제 카운트다운이 시작되어 이사는 그저 첫 번째 낙오자일 뿐이라는 생각은 하지도 못했다. 물론 우리 모두, 일단 비행기에서 내리자 사라져 버린 여권이라든가 호텔에서의 기다림, 사람 좋은 호텔 주인이 식사를 제공하기 전에 피어오르곤 하던 불안감 등 이미 똑같은 일을 겪어 알고 있는 상태였다. 사기당할지도 모른다는 생각이 끊임없이 들었고, 각자 자신하는 그 재능을 한 번도 보여주지 못한 채 추방당한 자들의 세계로 떨어져 버릴지도 모른다는 두려움에 시달렸다.

저녁이 되자 털털거리는 버스가 우리를 싣고 다시 파리로 향했다. 아마도 마리위스의 충고를 따른 것이겠지만 운전사는 외곽순환 도로변에 위치한 호텔을 돌며 텅 빈 주차장에 우리를 세 명씩 묶어서 내려놓았다. 내 순서가 되자 이런 말이 들려왔다.

"쿠난디, 무사, 이사는 이곳 포르뮐 1 호텔에 묵는다. 미리 다 말해 놨어. 너희를 기다리는 사람들이 있을 게다. 몽트뢰유에서 내린다. 너희에게는 내일 다시 들러서 소식을 전해 주마."

오늘 하루 우리가 한 일에 대한 격려나 감사의 말은 한마디도 없었고 저녁 식사 얘기도 전혀 없었다. 미래의 조난자들을 여기저기에 떨어뜨려 놓는 것이 마치 그에게는 일상인 듯했다. 물론 정확한 이유도 없이 그를 비난한 걸 후회했다. 사내아이들을 가족의 품에서 빼앗아 와서는 내버리는 것에 대해 왜 그를 탓하는가? 탈의실에서 누군가 백인들은 우리를 카카오 열매나 기껏해야 마음 내키는 대로 깎아 낼 검은 다이아몬드 정도로밖에는 생각하지 않는다고 말했던 것 같다. 그 이야기가 사실일까?

"미래는 너희들 것이라는 사실을 잊지 마라. 그리고 너희들은 젊다는 것을 기억해라. 인생은 너희들 앞에 있어!"

마리위스가 마지막으로 한 말이 무슨 의미인지 알지 못한 채 우리는 버스에서 내렸고, 버스는 우리를 놔두고 곧장 다시 출발했다. 어떻게 돌아가는지 이해할 새가 없었던 우리는 그저 좋은 축구공을 차며 경기하는 꿈을 꾸었고, 언젠가는 내가 책임지고 우리가족들이 남부끄럽지는 않을 정도로 살게끔 도울 수 있기를 꿈꿨다. 사실, 가족에게야 축구 선수도 별다를 것 없는 하나의 직업이었다. 그들을 기쁘게 해 주는 길, 그것은 단 한 가지였다. 성공하는 것. 그래서 청소 일을 하는 삼촌들과 요리나 짐 나르는 일을 하는 사촌들이 그러듯이 하루 빨리 가족에게 돈을 보내는 것. 프랑스에서 돈을 벌다가 휴가 때 고향으로 돌아온 이들은 몽트뢰유가 말리의 두 번째 수도나 다름없다고 말하곤 했다. 프랑스에서 그들이 묵고 있는 숙소가 가끔씩 텔레비전에 나오기에 우리는 그들이 5,000킬로미터 떨어진 저쪽에 두고 온 숙소가 얼마나 불결한지 잘 알고 있었다. 그들은 가난에서 벗어나기 위해 떠나갔고 프랑스는 거쳐야 하는 과정이라고 스스로에게 되뇌며 금광을, 횡재를 맞닥뜨리기를 기다렸다. 하지만 그 땅에 도착하고 나서도 그러한 기다림은 계속되고 또 계속됐으며, 마을을 먹여 살리는 데 쓰라고 월급의 반을 쿨리코로나 타우데니, 케스로 보내는 일이 매달 반복되었다.

호텔은 대형 상점 뒤쪽에 숨어 있었고 그 늦은 시각에도 상점의 간판 불빛은 반짝이고 있었다. 우리 셋은 내키지 않는 걸음으로 접수처까지 걸어갔다. 그곳에 있던 젊은 여자가 우리에게 객실 비밀번호를 알려 주며 내일 아침에 식사를 할지 물었다. 우리 집단의 세 번째 좀도둑 무사가 질문이 끝나기도 전에 그렇다고 대답했다. 나중에야 무사가 그런 꼼수를 부려 본 경험이 풍부하다는 것을 알았다.

"진실을 말하고 배고픈 것보다야 거짓말 한 번에 배부른 게 낫지."

무사는 이 말을 되풀이했다.

어느 밤엔가 커다란 지혜의 나무 아래에서 들었던 격언 같기도 했다. 다음 날 아침, 무사 덕분에 우리는 배가 부르도록 음식을 먹을 수 있었다. 호텔 지배인은 우리에게 아무런 눈치도 주지 않았고 우리가 마음껏 먹어 대도록 내버려 두었다. 그도 흑인이었는데 아마도 말리 출신인 듯했다. 어쩌면 예전에 벤치만 데우던 축구 선수였는지도 모른다. 아니면 그저 우리처럼 불안하게 눈동자를 굴리며 아침 일찍 식당에 나타나는 사람들을 보는 데 이골이 난 야간 경비원일 수도 있지만 말이다.

"너희들도 축구 때문에 온 거니?"

나는 들고 있던 빵 조각을 삼키며 그렇다고 대답했다.

"예전에 우리 삼촌 중에도 축구 선수가 되겠다고 이곳에 오신 분이 계셔. 결국엔 성공하셨지. 로랑 포쿠라고, 들어본 적 없어? 코트디부아르 사람으로는 처음으로 축구를 하겠다고 조국을 떠났단다."

우리 모두 요즘 유명한 축구 선수들만 알고 있었다. 나야 가끔씩 위대한 축구 선수였던 살리프를 떠올리긴 하지만 어쨌든 그들 때문에, 물론 그들은 이런 사실을 모르겠지만, 우리가 여기까지 온 거였다.

"삼촌은 스타드 렌에서 활약하셨지. 나중에는 다시 아비장으로 돌아가셨어. 그런데 세상에, 작년에 그분이 경찰들에게 구타를 당했다지 뭐냐. 사람들 기억이란 그렇게 오래가는 게 아니더라고. 그래, 너희들은 어디로 갈 생각인데?"

"맨체스터요."

무사가 서슴없이 대답했다.

"맨체스터라. 크게 노는데! 너희 둘은?"

"저흰 아직 잘 모르겠어요. 이사는 좀 다쳤고, 전 토리노로 가고 싶지만……."

"너희들 오늘 저녁도 여기서 자니?"

"모르겠어요……. 아무 말도 들은 게 없어서……."

"난 11시에 일이 끝난다. 그리고 학교에 강의 들으러 가야 해. 저녁때 다시 올게. 너희들을 내쫓지 않으면 좋겠는데. 주인에게 한번 말해 볼게. 그리고 내 이름은 프랑수아란다."

11
원숭이의 외침

아침을 먹고 프랑수아가 떠나자 우리는 다시 방으로 올라가서 텔레비전을 보고 또 보았다. 이사는 2층 침대에서 슬픔과 내일에 대한 두려움을 늘어놓았다.

"나는 축구를 위해서라면 카누를 타고서라도 유럽으로 갈 준비가 되어 있었어. 그런데 어쩌면 당장 내일이라도 손가방 하나 달랑 들고 이 도시 저 도시를 떠돌게 될지도 모른다니."

무사는 가끔씩 화면에서 눈을 떼어 신을 믿어야 하고 모든 게 좋아질 거라는 말을 건네며 이사의 기분을 돋워 주려고 노력했다. 하지만 그 정도로는 충분하지 않았다. 이사는 부모님이 모집책에게 돈을 건넸던 바로 그날, 부모님은 자신의 사형 판결문에 서명을 한 것과 마찬가지라고 생각했다.

"이사, 그건 좀 지나치다. 물론 우리가 지금 사기당하는 걸지도 몰라. 하지만 믿어 보는 수밖에 없다고."

"아니야, 무사. 우리는 지금 엄청난 거짓말에 갇혀 버린 거야."

이사의 생각이 맞을지도 몰랐다. 바마코에 있을 때 이상한 이야기를 들었던 기억이 났다. 우리처럼 영광을 찾아 떠났다가 고생이란 고생은 다 하고 거리에 나앉게 된 어떤 사내에 대한 이야기였다. 그는 부모님의 조바심을 달래 주려고 시장에서 만난 아프리카인 노점상에게서 레알 마드리드의 유니폼을 하나 구입해서 그 위에 자기 이름을 적어 넣었다. 그의 가족은 유니폼을 받자마자 그 신동의 현재 모습을 이웃들에게 알리려고 성스러운 유물이라도 되는 양 유니폼을 대문에 붙여 놓았다. 하지만 어느 날, 그 신동이라던 아들이 떠날 때나 마찬가지로 가난에 찌든 채 고향에 돌아왔다. 열여덟 살이 지나자 불법 체류자 신세가 되어 프랑스에서 추방당한 것이다. 그는 정신이 약간 이상해져서 아무나 붙잡고서 여러 축구 클럽이 자신을 기다리고 있으니까 다시 유럽으로 떠날 거라는 말을 되풀이했다. 마을의 젊은이들은 그에게 돌팔매질을 하지는 않았지만 약속의 땅을 향해 떠나고 싶다는 그들의 욕구와 희망을 퇴색시킬지도 모르는 그를 피해 다녔다.

"이사, 너 정말 터키로 갈 거니?"

"나도 몰라. 내일이면 알게 되겠지."

"차라리 이탈리아로 가지그래?"

"거기 관중들은 인종 차별이 심하대. 흑인이 공을 잡기만 하면 원숭이처럼 소리를 질러 댄다던대."

"하지만 인터 밀란에는 사뮈엘 에토가 있잖아. 에토는 누구나 좋아하는걸."

"그렇지. 하지만 에토는 스타라고, 진짜 스타. 뭘 두려워하겠어. 하지만 그도 스페인에 있을 때는 그런 일을 당했대."

오전 나절에 누군가 방문을 두드렸다. 마침내 우리를 여기에서 끌어내 줄 코치가 온 모양이라는 희망과 이제 호텔에서 나가야 할 시간일지도 모른다는 두려움 사이에서 흔들리며 서로 마주 봤다. 내가 마지못해 문을 열러 갔다. 차곡차곡 산처럼 쌓아 올린 시트를 실은 수레를 밀고 청소기를 끌며 청소부들이 복도에 있었다.

"너희들이 떠났다고 해서 그런 줄 알았지."

청소부들 중에 한 명이 미안해했다.

"예, 떠나려던 참이에요……. 하지만 프랑수아가…… 사장님께 말해 주겠다고……."

"아, 그래? 그럼 내가 알아볼게……."

"아니에요. 잠시만 기다리세요……."

"그럼 복도 청소부터 끝내고 돌아올게."

"고맙습니다. 고마워요."

우리의 기다림은 청소기 소리에 중단되곤 했다. 청소기가 숨을 죽일 때마다 우리 또한 숨을 죽였다. 하지만 청소기 소리는 가차 없이 우리를 향해 가까워졌다.

"직접 가서 알아봐야겠다. 그게 더 간단하겠어."

무사가 말했다.

"누가 갈래?"

"내가 같이 갈게. 이사는 여기 있어."

접수처로 내려가니 어떤 젊은 여자가 식기세척기 주위에서 분주하게 움직이고 있었다. 그 여자는 피곤해 보이는 미소를 띠고 우리를 쳐다봤다.

"아직도 배가 고프니?"

"아니요. 저…… 그러니까 방 때문에요. 프랑수아 말로는……."

"그래, 프랑수아가 내게도 말했단다. 오늘 저녁은 괜찮을 거야. 하지만 내일은 다른 데를 찾아봐야 할 거다. 너희들도 알겠지만 상관들이 알게 되면 우리 자리도 위험해지거든."

"고맙습니다. 정말 고맙습니다."

무사가 재빨리 말했다.

"축구 하러 온 모양이지?"

"예."

"그렇다면 언젠가는 네가 제2의 지네딘 지단*이 되겠구나."

"아마도요……. 아마도……."

"그리되면 좋겠다."

그 여자는 상냥했다. 비록 홀가분함과 약간의 슬픔을 함께 느끼며 가족과 헤어진 우리가 어떤 길을 밟아서 여기까지 왔는지 전혀 몰랐지만 말이다. 그리고 프랑스에 도착한 뒤로 매일매일을 감옥에서 지내기라도 한 듯 떨쳐 낼 수 없는 이 갇혀 있다는 느낌도, 우리 안에 슬금슬금 스며들고 있는 이 죄책감도, 돈을 보태 줬던 사람들의 기대에 미치지 못한다는 수치심도 몰랐을 테지만. 아직은 신문과 방송이 우리 머릿속에 심어 준 이 희망을 포기하고 싶지 않았다. 우리는 미소를 머금고 다시 방으로 올라갔다. 우리를 본 이사는 게임에서 이겼고 오늘 밤 숙박이 해결됐음을 알아차렸다. 그 슬픈 눈빛을 잠시 내던졌으니까.

"한 바퀴 돌아볼까?"

무사가 제안했다.

"어딜?"

"상점가를 돌아다녀 보자. 그런 곳은 어떤지 한번 보자고. 그리고 여자애들도 보고!"

여자애들이라. 그것은 몇 주 전부터 우리의 사전에서 사라졌던 말이었다. 여자애들, 그 무엇에 대해서도 순진무구한 웃음을 보여

● 전 프랑스 국가 대표 축구 선수. 1998년 월드컵과 2000년 유럽 선수권 대회에서 프랑스가 우승하는 데 큰 역할을 하며 국민적인 영웅이 되었다.

줄 줄 알았던 어제의 별들. 우리 동네 예쁜이들은 어떻게 되었을까? 어스름이 내려앉으면 내가 망고 나무 아래에서 기다리던 디모나는? 엉덩이를 살랑거리며 걷던 아데마는? 머리카락이 햇살 아래에서 춤추는 것처럼 보이던 알리자는? 수련 같던 노파르는? 그 꽃잎 위에서 두둥실 떠다닐 수 있다면 얼마나 좋을까!

꺾어지는 길마다, 가지가지 상점마다, 진열창 너머로 옷과 보석을 비롯한 갖가지 물건들이 수북이 쌓여 있었다. 그리고 놀랍게도 수많은 젊은 흑인 여자들이 무심하나 아름다운 자태로 오가고 있었다. 그 여자들 앞에 서자 우리는 다시 어린 사내애들로 돌아가서 말 한마디도 건네지 못하고 겸연쩍은 표정으로 흘끔거릴 뿐이었다. 노는 일에 호가 난 듯 보이는 무사마저도 혀를 뺏긴 듯했다. 얼마 전부터 우리는 머릿속에서 둥근 공만을 꿈꿨고 그 꿈만을 좇았기에, 발에는 무거운 쇠공을 매단 채 세상을 제대로 보지 못했다.

12
다흐라의 집

    사흘째 아침이 되자, 우리를 기다리고 있는 것은 길바닥이었다. 마리위스와 봄이 대회에서 결승까지 올랐는데도 우리를 정말로 버렸다는 의미였다. 비록 우리가 결승에서 졌지만 나는 주장으로서 우리가 계속 시합에 나갈 수 있기를 바랐다. 마리위스는 우리를 호텔 주차장에 내려놓으면서 "미래는 너희 것이다."라고 말했다. 우리를 놀렸던 걸까? 우리가 선수로 뽑히지 못했고 탈락자 모임에 들어가게 됐다는 의미였을까? 그가 보기에는 우리가 지나치게 형편없거나 지나치게 잘난 척하는 아이들 같았던 걸까? 지금으로서는 이렇게 버림받았다는 사실이 돌이킬 수 없는 판결처럼 여겨졌다.

이 4월의 아침에 다시 용기를 그러모아야 했으니, 의문에 대한 답을 찾을 게 아니라 앞으로의 방향을 찾아야 할 순간이었고 마리 위스나 봄의 흔적을 찾기 위해 생각을 짜내야 할 순간이었다. 무사는 우리와 함께하지 않기로 결심했다. 이런저런 일에도 불구하고 자신의 두 발은 값어치가 있고, 지금이야말로 자기보다 앞서 조국을 떠나 행운을 움켜쥔 사람들의 뒤를 이어 조국의 우상이 될 수 있는 유일한 기회라고 변함없이 믿고 있었다.

무사는 마치 다음번 길모퉁이에서 행복과 만나기로 약속한 사람처럼 웃으며 우리와 악수를 나눴다. 이사와 나는 서로 헤어지는 게 무사에게 이로운 결정이라는 확신 없이 그를 떠나보냈다. 우리 셋이 시련에 정면으로 맞서고 똑바로 밀고 나가며 서로 떠내려가지 않도록 격려할 수도 있었다. 하지만 임기응변에 뛰어난 무사는 우리에게 말리 노동자들의 집을 찾아가는 법을 가르쳐 주고는 멀어져 갔다. 바마코에 있는 내내, 몽트뢰유에 있다는 우리 동포들의 기숙사 이야기를 들었다. 나는 이사에게 내 수많은 사촌 중 한 명이 그곳에서 살고 있을 거라고 장담하며 같이 가자고 말했다. 우리는 곧장 뻗어 나가는 대로를 따라서 쭉 걸어갔다. 첫걸음을 내딛자마자 내가 낯선 곳에 떨어진 것이 아니라는 생각이 들어 꽤 안심이 되었다. 우리는 출근길인 듯한 사람들이나 약속 장소로 서두르지 않고 느긋하게 걸어가는 사람들을 수도 없이 지나쳤다. 우리는 길을 걸어가면서 마주치는 사람들 가운데 혹시 내 사촌 아부 디아키테가 있지 않을까 하는 바보 같은 희망을 품고 얼굴들을 유심히 살펴봤다. 하지만 아무리 여기저기를 둘러봐도 소용없었다. 아부의 얼굴은 결코 보이지 않았다. 나는 '아부'니 '디아키테'니 하는 이름이 우리 동네에서는 너무나 흔해서 같은 이름을 가진 사람들이 길바닥에 널렸을 게 뻔하다는 것을 알면서도, 마주치는 사람들을 붙들고서 혹시 아부 디아키테라는 사람을 아느냐고 물어보기까지 했다. 실망감이 몰려들었지만 결국에는 사촌을 못 만나는 편이 나으리라는 생각도 들었다. 그래야 아부가 부모님에게 내가 얼마나 낙담하고 있는지 얘기하지 못할 테니까. 부모님은 나를 외국으로 보내느라고 거의 파산 지경에 이르렀는데 그분들을 위해서라도 이 꿈이 끝나 버려서는 안 되었다. 프랑스에 도착한 뒤로는 기분이 처지지 않도록 심지어 밤에도 부모님을 떠올리지 않으려고 애써 왔다. 사실 부모님이 달뜬 마음으로 기다리고 있을 것이라 생각하는 쪽이 나로서도 더 좋았다. 그리고 대담한 무사가 말했듯이 아직 패배한 게 아니었다. 나는 내 두 발로 황금을 캐러 프랑스에 왔다. 하지만 지금 내 두 발은 보도블록을 밟는 데나 쓰이고 있었고, 그 길 위에서는 각양각색의 아프리카 인들이 서로 약속을 주고받는 것 같았다. 음악 소리, 다양한 색채, 이쪽 길에서 저쪽 길로 물결치는 목소리들, 요란한 악수, 아프리카 특유의 헐렁하고 긴 상의를 걸친 여자들이 줄줄이 아이들을 달고 등굣길 배웅에 나선 모습을 보니, 우리 마을의 한 거리가 불쑥 땅에서 솟아오른 듯했다.

학교는 부모님의 마음에 희망의 싹을 틔우건만 나는 학교를 가능한 한 자주 빼먹었다. 우리는 종이 위에 내리긋는 선보다 너덜너덜한 공들이 허공에 그리는 아라베스크 무늬를 좋아했다. 우리는 하루 종일 농땡이를 치며 놀기를 좋아했고, 그러다 저물녘이 되면 갈증에 사로잡혔다. 우리는 보글보글 기포가 떠오르는 과일 주스 지노로 갈증을 풀거나, 지브릴이 과일 노점상을 하는 아버지에게서 몰래 훔쳐 낸 수박에 달려들곤 했다. 어스름이 내리면 우리는 아사나투 할머니네로 가서 비삽* 한 잔을 얻어먹곤 했다. 말리에서는 그 뻑뻑한 음료가 혈액 순환에 좋다고들 한다.

몽트뢰유의 잿빛 거리에서도 삶은 활발히 움직이고 있었고, 나는 두려움을 무릅쓰고 내 말을 들어 주는 사람 누구에게나 혹시 아부 디아키테를 아느냐고 물어 댔다. 가죽 모자를 쓴 어떤 젊은 남자가 물론 그 사람을 안다며 '다흐라의 집'에서―그곳에서 사는 게 아닐 수도 있지만―잔다고 알려 줬다.

"예전에는 공장이었는데 지금은 형제들이 상부상조하고 있지. 네 사촌이 거기 있는지 물어보렴. 신이 대답해 줄 거다. 나도 그곳에서 사는데, 나 같은 사람들이 수백 명은 된단다. 암시장에서 청소부 노릇을 하거나 공사판에서 노가다를 하지. 가끔은 인간 사냥

● 다블레나나 카르카데라고도 불리는 아프리카 음료. 히비스커스의 꽃을 배합해 만들며 차갑게도 마시고 뜨겁게도 마실 수 있다.

이 벌어지는데 잘 피해야 한다. 경찰은 그렇게 먼 곳에 있지 않거든. 그 때문에 우리끼리 연대하는 거고. 우리나라 사람들은 이곳에서의 삶이 장밋빛이라고 생각하는 경향이 있어. 물론 삶이 장밋빛이긴 해. 꿈을 꿀 때만 그렇긴 하지만. 너희에게 행운이 함께하기를 빈다."

나는 이사를 끌고 걸음을 옮기기 전에 고맙다는 인사를 넘치게 했다. 우리가 가방을 부려 놓기 위해서 물품 보관소를 찾아다니는 모양새였다면, 다른 사람들은 길바닥에 영구히 자신의 삶을 부려놓은 것 같았다. 여전히 그늘에 잠겨 있는 인도까지도 태양에서 뿜어져 나오는 열기에 달궈지고 있었다. 마음도 편하고 울적함도 많이 가신 듯 느껴질 정도였다.

"그 사람이 네 사촌에 대해서 한 말이 사실일까?"

이사가 물었다.

"그럴걸. 그리고 어쨌든 거기 말고 우리가 갈 데가 어디 있니? 축구는 잠시 접어야 할 것 같아."

"하지만 네가 거리에 나앉게 됐다는 걸 네 사촌이 알게 되면 어쩔 건데?"

"있잖아, 우린 못 만난 지 오래됐거든. 그러니까 네가 아부를 찾으러 가면 난 멀찌감치 떨어져 있다가 그 애가 맞는지 확인할게."

"그러든가. 어쨌든 난 프랑스에 친척이 없으니까."

몇 걸음 더 옮기자 지나가던 사람이 알려 줬던 바로 그 건물, 예전에 공장이었던 듯한 노란색 건물이 나타났다. 자그마한 정문 뒤로 넓다란 마당이 보였다. 바깥과 마찬가지로 이곳 역시 개미굴처럼 사람들이 득시글거렸다. 가스버너 위에 올려놓은 커다란 솥단지에서 수증기가 피어오르며 음식 냄새가 풍겨 왔다. 두 명의 미용사가 자동차에서 떼 낸 낡은 좌석에 손님들을 앉혀 놓고 쾌활한 소란 속에서 위엄 있게 가위를 휘두르고 있었다. 내가 보기에는 모두가 말리 서부 지방의 언어 중 하나인 소닌케 어로 말하는 것 같았다. 남자들은 서로 욕설을 주고받으며 요란스럽게 웃어 대거나, 수도관이 설치된 벽을 따라 늘어서서 시원하게 물을 끼얹어 가며 씻고 있었다. 이 야릇한 곳에 살고 있는 사람들 중 누구에게든 말이라도 걸어 봐야 할 텐데, 당장 밤바라 어는커녕 프랑스 어도 들리지 않았다. 막 발걸음을 되돌리려는 순간, 걸걸한 목소리가 우리를 불러 세웠다.

"애들아, 여행 중이냐? 나로 말하자면 여러 나라들을 거쳐 왔고 항구의 별빛 아래에서 밤을 보냈으며 이곳에 오기 위해서 주술사들이 써 준 부적들을 늘 몸에 지녔던 사람이란다. 너희는 무슨 바람이 불어 여기까지 왔니?"

"누군가를 찾고 있어요……."

"누군가? 누군가라면 여기 차고 넘치지! 세구, 바마코, 쿨리코로, 카예스 출신 형제?"

"어……. 사촌인데요."

이사가 대답했다.

"그래? 네 사촌 이름이 뭔데? 난 마사 바카리라고 해. 다흐라의 집에 온 걸 환영한다."

"아부 디아키테라는 이름인데요……."

"너희들도 알다시피, 이곳에서 하루하루를 살아가는 사람들이 사백 명은 된단다. 마당 시멘트 바닥에서 자는 사람들과 동이 틀 때 몰래 방에 숨어드는 사람들은 치지 않았는데도 그래. 여기 이 공장은 위험한 늪지대나 다름없단다. 예전에는 피아노 공장이었대. 지금은 여기서 이것저것 다 만들지. 각자가 열 손가락으로 할 수 있는 걸 하거든. 그런데 너희들은 왜 여기 있니?"

"사촌 아부 디아키테를 찾고 있어요."

"아, 맞아, 내 정신 좀 봐. 그렇다고 했지. 그러니까 아부 디아키테라고? 그런 이름의 사람들이 있지. 있고말고. 그런데 네 사촌이 신분증은 갖고 있니? 이곳에 숨는 사람들도 있거든. 그치들은 매트리스 바꾸듯 이름을 바꿔 댄단다. 경찰에 연행되어 루아시 공항으로 끌려가서 곧바로 추방될까 봐 무서워하거든. 암, 프랑스를 좋아하는 건 자유지만 프랑스가 우리를 좋아하게 만들 수는 없단다!"

13
무시무시한 팡토지

    마사 바카리는 아버지나 마을 남자들에게서 내가 수도 없이 들었던 이야기들, 그러니까 일을 찾아 왔다가 거리에 나앉거나 혹은 어느 날 강제로 비행기에 태워져 희망에 부풀어서 떠나왔던 나라로 추방당한 사람들의 이야기를 우리에게 해 줬다. 우리는 그와 함께 복도에서 부엌으로, 침실에서 응접실로 옮겨 다니면서 다흐라의 집을 구석구석 돌아봤다. 다흐라의 집을 구경할수록 나는 사촌을 못 만난 것이 다행이라는 생각이 들었다. 마사 바카리는 우리가 오늘 하루, 그리고 밤에 뭘 할 건지 물어 왔다. 당연히 우리는 아무 생각이 없었다. 그에게 축구 선수가 되려고 왔다가 운 나쁘게 낙오됐다고 이야기해 주자 그는 상황이 그렇게 심각하지 않다고 판단

했다.

"아프리카에서 열리는 월드컵은 놓쳤지만 다음 월드컵에 출전하면 되지! 프랑스도, 그리고 불굴의 사자들도 출전 못 하는데 뭘! 너희들은 아직 젊단다! 내가 너희들이 하루 이틀 여기 묵을 수 있게 애써 보마. 하지만 그 무시무시한 팡토지는 조심해야 해."

"팡토지요? 그게 누군데요?"

"불법 체류자들이나 달갑지 않은 사람들이 이곳에 정착하는 것을 막으려고 고용된 야간 당직자, 그러니까 경비원이란다. 그 팡토지는 아주 무시무시하다고. 평생 그 일만 한 사람 같아. 걸음걸이만 보고도 돈 안 내고 들어온 사람들을 골라낸단다."

"그럼 우린 떠날게요. 우리 때문에 곤란해지시면 어떡해요."

마사 바카리는 자신만만한 목소리로 내게 대답했다.

"말도 안 되는 소리! 너희들을 길거리에서 자게 내버려 두라고? 얘들아, 우리 살던 곳에서 연대와 환대가 어떤 의미인지 잘 알잖니. 자, 나가서 한 바퀴 돌고 정오쯤 돌아오너라. 소고기를 넣은 맛있는 티카데게를 함께 먹자꾸나."

"아니에요. 팡토지가 들이닥치면 우리 때문에 곤란해지실 거예요."

"그 작자는 낮에 조금 자 둔단다. 저녁이나 돼야 일어나. 이곳에 가방을 놔두고 싶다면 내 옷장 속에 넣어 줄게. 자물쇠로 잠가 두면 된다."

우리는 둘 다 우연히 만난 상냥한 어른 덕분에 행복해하면서 가방을 내줬다. 우리를 떠나보내기 전에 그는 걸걸한 목소리로 이런 말을 덧붙였다.

"너무 멀리까지 가지는 마라. 팡토지보다 자주 거리를 누비는 건 경찰이거든. 어쨌든 낮에는 괜찮아. 낮에는 자유지. 자, 이거 받아라. 마사마네 가서 환타라도 사 먹으렴. 마사마는 로베스피에르 거리에 가게를 낸 썩 괜찮은 친구야."

그는 우리에게 지폐 한 장을 내밀었는데, 우리가 그런 지폐를 본 것은 뭔가 먹을거리를 사 주는 모집책의 손에서 가게 주인의 손으로 지폐가 건네질 때뿐이었다. 일단 다흐라의 집 밖으로 나오자 나는 훨씬 홀가분해지고 걱정도 덜 되었는데 이사조차도 미소를 되찾았다. 이사의 머릿속에는 고향 마을의 풍경과 자신을 믿으며 떠나보냈던 사람들의 얼굴이 떠다녔을지도 모른다. 나는 모처럼 찾아온 자유의 공기를 맞아들이면서 이사에게 그 어떤 질문도 하지 않으려고 조심했다. 바라 거리가 휘어지는 곳에 바르베스 거리가 있었고, 그 길을 따라서 쭉 내려가다 또 다른 길로 들어서니 드디어 그 유명한 마사마네 가게가 나왔다. 마사마는 탄산음료만이 아니라 말리의 국가 대표인 독수리들의 초상화를 수놓은 운동모자부터 볶은 땅콩, 막대 모양 감초, 전화 카드, 개비로 파는 담배 등 오만 잡것을 다 팔았다. 우리는 그 모든 물건들이 기적처럼 균형을 잡고 진열되어 있는 좁다란 가게 안으로 들어갔다.

"애들아, 어쩐 일로 마사마까지 왔니?"

"마사 바카리가 알려 줬어요."

"존경스러운 마사가 뭘 찾는데?"

"아, 그분이 뭘 찾아서가 아니라 저희들이 환타를 사려고요."

"너희들은 어디서 왔니?"

"파리에서요. 제 사촌 아부를 찾고 있어요. 혹시 그를 아세요?"

그는 내 질문을 이상하게 여기지 않았고 환타를 찾아서 온 우리에게 아무 대꾸 없이 그저 음료수를 내줬다. 우리는 자그마한 공원에 들어가서 사람들과 떨어진 벤치에 앉아 오렌지 맛이 나는 음료를 평화롭게 들이켰다. 눈을 감았을 뿐인데, 나는 다시 미시라로 돌아가 있었다. 주위에는 자카르타 오토바이들이 돌아다녔고 망고 나무 향기와 독특한 흙 내음이 바람에 들썩여 풍겨 왔다. 낡은 가죽 공을 차느라 몇 시간이고 두 발로 밟고 다녔던 그 메마른 점토질의 땅. 음료수 병을 거의 비울 무렵 어떤 남자가 다가와 우리 옆에 쭈그려 앉더니 걸걸한 목소리로 물어 왔다.

"너희들은 고작해야 열다섯 살이겠구나. 그것도 너무 많은가?"

느닷없이 나타난 그가 이런 질문을 하자 이사도 나도 깜짝 놀라서 아무런 대답도 하지 않았다.

"내가 이 아프리카 공동체의 가장 훌륭한 대장장이라는 구실로 이곳에서 산 게 벌써 십오 년이로구나. 십오 년이면 제법 되지! 고향으로 돌아갔어야 했는데……. 그렇지 않니? 너희들 아무 대답

도 않는구나. 하지만 여기 남는 건 어리석은 일이야. 암, 어리석고
말고. 고향에 가면 내 저금으로 사람답게 살 수 있는데. 당나귀 한
마리, 집 한 채를 살 수도 있고 과일이나 생선을 팔 수도 있지. 그
런데 난 너무 머저리라서, 프랑스 인들 말대로 너무 머저리라서 말
야. 그래서 여기 남아서 늙어 가고 있는 거겠지. 그러는 동안 내 자
식들은 아비 없이 커 가는데. 그런데 너희, 너희들은 대체 여기서
뭘 하고 있니?"

"우리는 축구 선수예요."

이사가 서슴없이 대답했다.

"너희가 독수리들이라는 거니?"

"쿠난디는 독수리가 될 거예요. 그런데 전 모르겠어요."

"애야, 누가 네게 저주를 걸었니?"

"그런 거 아니에요. 다리를 다쳤어요."

"그럼 말쿠니를 보러 가야지."

"말쿠니요?"

"치료사야. 널 다시 똑바로 세워 줄 거다. 재빠른 발놀림을 되찾
고 싶다면 그에게 가거라. 자연과 고된 노동에 몸이 상해 버린 노
인네들을 치료해 주는 사람이야. 말쿠니를 찾아가서 내 얘기를 하
렴. 대장장이가 보냈다고 말하면 돼."

"그럴 시간이 있을지 잘 모르겠어요. 여기는 그저 잠깐 머무는
곳이라서요……."

"오! 우리는 모두 이곳에 잠깐 머무는 사람들이지. 말쿠니는 그렇게 멀리 있지 않단다. 쉽게 찾을 거야. 그 주술사는 휴대 전화도 갖고 있거든."

우리는 예의 바르게 감사 인사를 하고 벤치를 그에게 양보했다. 우리가 돌아서자마자 그가 지나가는 다른 사람을 부르는 소리가 들렸다. 아마도 고향에 돌아갈 수 없는 처지가 된 대장장이 이야기를 끝도 없이 들려주려는 모양이었다.

14
웨스턴 유니언

　우리는 교회 건물을 따라서 다흐라의 집으로 이어지는 길로 들어섰다. 어떤 백인 여자가 중얼거리는 목소리로 우리에게 동전 한 닢을 구걸했다. 돈이 땅에서 절로 솟아나는 곳인 줄 알았는데, 이 나라에도 거지가 있다니! 그 여자는 먹을거리를 사게 돈을 조금만 달라고 했다. 우리는 프랑스 어를 못 알아듣는 척하며 거지를 피해 갔다. 이 모든 것이 내게는 놀라웠다. 바마코에서도 원형 교차로마다, 사거리마다 거지 떼가 우글거렸고 그중 어떤 이들은 붉은색 페인트로 핏자국을 낸 가짜 붕대를 감고 있기도 했다. 보도를 따라 걷다 보니 학교 앞에 닿았고, 아이들 떠드는 소리에 마음이 조금 가벼워졌다. 학교가 끝날 무렵이어서 부모들이 정문 앞에서 기다리고 있었다. 이 시간에 우리 집에서는 어머니가 소스●를 준비해 놓고 오븐에 닭찜 요리를 하고 있을 것이다. 갑자기 마음이 무거워 진 나는 차도와 인도를 가르는 야트막한 붉은색 갓돌에 잠깐 앉았 다 가자고 했다. 우리 앞에 우뚝 솟아 있는 굴뚝에서는 하얀색 연 기 한 줄기가 하늘을 향해 솟아오르고 있었다. 부모들이 아이들 손 을 잡고 한 명씩 한 명씩 멀어져 갔다. 다른 나라에서 명예를 쌓겠 다는 생각에 가족들과 헤어져 아프리카를 떠나왔건만, 이탈리아 인 트라파니를 우두머리로 하는 날강도 집단 탓에 결국에는 잘 익 은 바나나로 곡식을 빻겠다고 나선 셈이 되어 버렸다. 이제는 우리 가 속았고, 끌려다녔고, 버림받았다는 사실을 받아들여야 했다.

그 이탈리아 인 역시 앞서 찾아왔던 사람들과 마찬가지로 탐욕 의 제물이 될 축구 유망주들의 대륙에서, 그에게는 양어장이나 다 름없는 그곳에서 대어를 건져 올릴 속셈이었다. 이사마저도 어찌 나 세뇌되었던지 포동포동한 아기 얼굴이 때로는 그 사실을 부인 함에도 불구하고, 스스로 자기 나이는 열다섯 살이라고 여기고 말 았다. 무사는 자신이 열여섯 살이라고 주장했지만 어른의 몸을 하 고 있었다. 근육들이 꿈틀꿈틀 얽혀 있는 그런 몸을.

우리 옆의 교회 종탑에서 정오를 알리는 종소리가 들려왔다. 우 리가 앉아 있는 갓돌에서는 다흐라의 집의 노란색 담벼락이 보였

● 말리에서는 소스가 맛과 질을 결정하는 요리 전반을 뭉뚱그려 소스라고 부른다.

고 그곳 부엌에서 음식 냄새들이 풍겨 왔다.

"얘들아, 난 지금 웨스턴 유니언 출장소를 찾고 있는데. 이곳에
산다면 알고 있겠지?"

"웨스턴요?"

이사가 깜짝 놀랐다.

"그래, 웨스턴. 집으로 우편환●을 보내려고."

"우리는 몰라요. 저 길모퉁이 카페에 가서 물어보세요."

그러자 남자는 우리에게 고맙다고 말하고는 왔던 것처럼 멀어
져 갔다.

"웨스턴 유니언이 뭐니?"

이사가 내게 물었다.

우리나라에서는 한창 유행 중인 우편환 체계인데, 이사는 알지
못했다. 말리 사람들은 우편환을 이용해 프랑스에 있는 사촌들을
통해서 자동차를 구입한 뒤, 자동차가 말리에 도착하자마자 되팔
기도 했다. 낡아 빠진 자동차들로 때로는 폐차 직전인 경우도 있었
지만 말리의 정비공들은 기적을 만들어 낼 수 있었다. 가끔은 돈이
허공으로 사라졌고 그러면 사람들은 우편배달원이나 우체국 때로
는 신에게 화를 냈다. 하지만 우리나라에서 웨스턴 유니언은 온갖

● 우체국을 이용해 돈을 송금하는 방법. 은행의 송금과는 달리 계좌 없이 우편을
이용해 송금할 수 있다.

종류의 자잘한 거래를 할 때 안전한 화폐 노릇을 했다.

우리는 마사 바카리에게 맡겨 놨던 가방을 찾으러 갔고, 그가 만든 티가데게 요리가 어떤지 가까이에서 들여다봤다. 다흐라의 집 마당에서는 사람들이 사방으로 왔다 갔다 하고 있었고 매캐한 양념 냄새로 목이 따가웠다. 마사는 플라스틱 의자 세 개와 잔칫상 노릇을 해 줄 고색창연한 식탁 앞에서 우리를 기다리고 있었다.

"왔구나! 몽트뢰유 구경은 잘했고?"

"예, 바카리 씨."

"내 친구 마사마는 어때?"

"잘 지내세요."

이사는 아무 말도 하지 않고 분주하게 움직이는 주변 사람들을 바라보았다.

"너희에게 도움이 될 만한 사람을 발견한 것 같아."

마사가 말했다.

"축구에 대해서라면 자기 주머니 속 사정처럼 훤히 알고 있는 친구란다. 벨기에의 블랑 팀에서 뛴 적이 있거든. 하미다 디아바테 라는 사람이야. 같이 점심 먹자고 불렀다."

나는 이 소식에 기뻐해야 할지 알 수가 없었다. 이 디아바테라는 인물 역시 트라파니나 다른 사람들처럼 허풍쟁이일 위험은 없을까? 피부색 말고는 우리와 아무 공통점이 없는 그런 인물을 믿어도 되는가? 흑인들은 돈을 벌 수 있다면 동포 아이들도 내다 팔았다. 얼마나 많은 '생년월일 미상'의 아이들이 가벼운 여름옷 차림 그대로 비행기에 태워져 안개와 추위 속에 내팽개쳐지는가? 동시에 나는 우리가 걸어온 고생길을 예전에 걸었을지도 모르는 사람을 이렇게 믿지 못하는 스스로가 원망스럽기도 했다. 무사, 이사, 나, 그리고 다른 아이들이 걸었을 그 길을.

"자, 친구들, 축제의 시간이다. 너희들 보나 마나 바마코를 떠나온 뒤로 음식다운 음식을 못 먹었겠지."

정말이지 미시라를 떠나온 뒤로는 우리 집에서 먹던 음식 같은 음식보다 빵과 샌드위치를 삼켜야 했던 때가 훨씬 잦았다. 음식은 마사 바카리가 약속했던 대로였다. 바카리 씨는 큼직한 고깃덩어리들 옆에 흰쌀밥을 곁들인 음식을 푸짐하게 내줬다. 그는 요리를 할 때 고추를 멀리하지 않는 모양이었다. 첫 수저부터 입 안이 불붙은 듯 화끈거렸으니까. 우리는 냅킨 구실을 하는 낡은 천에 손을 닦아 가면서 티가데게를 한 번 더 덜어 먹을 정도로 사양하지 않고 배불리 먹었다. 우리를 초대한 주인은 식사 중에 커다란 트림 소리를 간간이 들려주는 게 예의라고 생각했다. 하미다 디아바테는 우리가 커다란 잔으로 탄산음료를 마시고 있을 때 도착했다. 인사를 주고받자 그는 곤경에 처한 축구 선수라는 우리의 처지에 관심을 보였다.

"그러니까 둥근 공의 왕자들이로구나?"

그가 말했다. 나이를 고려하면 바카리에게 왕자라는 호칭을 갖다 붙일 수는 없을 테니 우리보고 한 말이었다. 내가 이사의 몫까지 대신해 대답했다.

"예. 그렇지만 아직은 아니에요……. 그렇게 되기를 바라고 있죠……."

"자, 어디서 왔는지 좀 들어 볼까. 프랑스에 온 뒤로 무얼 했는지도."

나는 이탈리아 인 모집책에게 부모님이 돈을 건네고 아프리카를 떠나오게 된 뒤의 이야기를 들려줬다. 호텔에서 보낸 시간, 대회에서 치렀던 몇 번의 시합, 그리고 기다림도.

"알겠다, 알겠어. 지금은 나도 그런 일이 벌어진다는 걸 알지. 내가 너희만 했을 때는 다행히도 안 그랬는데 말이다. 대신 특히 추위와 욕설 때문에 괴로워들 했지. 그런데 이런 속담도 있잖니. '채찍 자국은 사라져도 모욕의 흔적은 절대로 사라지지 않는다.' 내가 너희들을 도와주마."

"정말로 우리를 도와줄 수 있는 사람을 알고 계세요?"

"그럼. 어쨌든 내가 너희들을 돕도록 해 보마. 프랑스 남부 지역에는 아직도 내가 아는 믿을 만한 친구들이 좀 있단다. 내가 소개해 줄 테니 안심하고 그들을 만나러 가렴. 너희 이야기를 전부 종이에 써 주마."

"저는 필요 없을 것 같아요. 전 여기 남겠어요."

자신의 거창한 꿈도 동시에 겉만 번지르르한 노예 역할도 그만

접기로 결심한 이사가 음울한 목소리로 자신은 이제 대장정을 끝내겠노라고 말했다.

"아니, 꼬맹아, 어디에 있으려고? 이 대도시에서 그러다가는 길을 잃고 만단다."

"전 고향으로 돌아갈래요. 고향으로요."

"환영받지 못할 텐데. 내 말을 들으렴. 부모님과 그분들이 네게서 무엇을 기대하고 있는지 생각해 봐. 넌 아직 젊다고. 잊지 마라. '오래 산 사람이 비둘기의 춤을 본다.'지 않니."

15
새끼 독수리들

결국 나는 하미다를 믿었고, 그의 말을 따르기로 했다. 희망과 영광이 남쪽에 있다면 당연히 일 초도 허비하지 말고 그곳으로 가는 게 나으리라. 그렇게 해서 나는 표도 없이 니스행 기차에 올랐다. 그 도시의 선수들이 '새끼 독수리들'이라고 불린다고 하니, 어쩌면 말리의 독수리를 꿈꾸는 나를 원하는 팀이 있을지도 몰랐다. 이사가 나와 함께하지 않고 파리 근교 경기장으로 가서 자신을 도와줄 사람이 있을지 찾아보겠다고 하여 나는 어둠이 걷힐 무렵 혼자서 기차에 올랐다. 이사는 터키에 갈 마음이 전혀 없었다. 하미다가 충고해 준 대로 나는 새벽에 기차의 아무 칸에나 올라탔다. 사람이 별로 없어 빈 좌석들이 많았다. 나는 아무 자리에나 앉아

거리의 추위로 여전히 뻣뻣하게 굳어 있는 몸 가까이에 가방을 내려놓고, 선잠이 들었다. 그 전직 축구 선수는 내게 두려워하지 말라고, 이 여행이 배를 타고 니제르 강을 건너는 것보다도 덜 위험하다고 말해 줬다. 검표원이 다가와서 건성으로 어깨를 흔들었지만 나는 계속해서 잠든 척하다가 기어들어 가는 목소리로 검표원의 말을 전혀 알아듣지 못하는 시늉을 했다. 모자를 쓴 검표원은 계속해서 같은 말을 했다.

"크게 말해요, 크게!"

나는 매우 낙담한 듯 두 손을 모으고 눈만 슴벅거렸다. 검표원이 내게 가는 곳을 물었고 나는 단 한 마디도 덧붙이지 않고 니스라고만 대답했다. 회색빛 유니폼을 입은 검표원은 침착하고 적대적이지 않은 태도로 자신의 일을 했다. 그는 잠시 분홍빛 종이 위에 뭔가를 적어 넣었다.

"벌금을 물어야 합니다."

그는 정중한 태도로 분홍빛 종이를 내게 건넸고, 지극히 인간적인 표정을 지어 보이며 모자를 들어 올려 인사하고는 통로를 따라서 쭉 걸어갔다. 훗날 종종 뼈저리게 느낀 사실인데, 이런 일은 드물었다. 고개도 들지 않던 다른 백인 여행객들처럼 나도 다시 눈을 감았다. 동이 터 오기 시작할 무렵, 우리는 꽃을 매단 나무들이 늘어서 있는 풍경 속을 지나갔고 하늘은 차츰차츰 쪽빛을 띠어 갔다. 나는 마사 바카리가 해 준 음식을 먹은 뒤로 아무것도 먹지 못한

터라 열차 칸에 떠도는 커피 향 탓에 깨어난 식욕이 더욱 거세게 밀려들었다. 열차가 어떤 역에 멈춰 서자 노인 한 명이 올라타서 내 옆에 앉았고 가방에서 빵과 물병을 꺼내 들었다. 노인은 내 쪽을 거들떠보지도 않고 손에 든 음식을 다 먹어 치우더니 깊은 잠에 빠져들었다. 괴로워지기 시작한 배고픔을 생각하지 않으려고 나도 그 노인처럼 했다. 기차가 마르세유에서 멈췄다. 스피커에서 그 이름이 나오는 순간, 먼저 심장이 옥죄여 왔고 나는 몸을 일으켜 창밖에서 무슨 일이 벌어지고 있는지 보려고 했다. 마르세유란 이름은 거의 마법과 같아서 스타드 벨로드롬의 잔디를 밟아 보려고 전 세계에서 몰려드는 사람들이 저절로 떠올랐다. 바마코에 있을 때 텔레비전으로 마마두 니앙, 바키 코네, 그리고 다른 많은 선수들이 뛰는 모습을 보았다. 아베디 펠레의 아들들이 사람들 이야기에 오르내리는 횟수가 점점 더 늘어났다.● 미시라의 어떤 골키퍼들은 자신들이 올랭피크 마르세유의 골문을 지키는 스티브 망당다인 줄 아는지, 그를 흉내 내기 위해 돌바닥이나 다름없는 맨땅에서 슬라이딩도 서슴지 않았다. 내게는, 수백 골을 넣었고 경기장의 모든 사람들이 일어나서 맞이했던 위대한 살리프의 그림자가 여전히 어른거리는 곳이 바로 마르세유였다. 나는 너무 어려서 살

● 아베디 펠레의 본명은 아베디 아예우이며 1980년대 말과 1990년대 초에 활약한 전 가나 국가 대표 축구 선수이다. 그의 아들들인 안드레, 이브라힘, 조던 역시 올랭피크 마르세유 등 유럽 축구팀에서 활약 중이다.

리프가 뛰는 모습을 보지 못했지만, 어른들은 그 시절을 이야기할 때면 늘 눈물을 글썽이곤 했다. 바질 볼리의 활약과 위대한 AC 밀란을 무찌른 그의 헤딩슛을 떠올릴 때처럼 말이다.*

마르세유에서 멈춰 섰던 기차는 계속해서 끝없는 길을 달렸다. 또 다른 검표원이 다가와 차표를 요구했다. 나는 말없이 그의 동료가 내게 줬던 종이를 내보였다. 그는 내가 알아듣지 못할 말을 몇 마디 중얼거리며 나를 바라봤다. 기차는 아침나절에 니스 역에 도착했다. 옆에 앉은 사람이 일어나기를 기다렸다가 나는 무거운 몸뚱어리를 끌고 통로를 따라 걸었다. 호주머니에는 마사가 쥐어 준 10유로짜리 지폐 한 장과 대충 써 준 클럽 주소가 들어 있었다. 니스의 레이싱 클럽. 하미다는 아주 오래전에 자신과 함께 뛰었던 믿을 만한 사내라며 네네라는 사람을 만나 보라고 했다. 우선 나는 빵집을 찾아서 빵을 좀 사고 싶었다. 그런데 정복을 갖춰 입은 경찰관 수십 명이 역 주변을 에워싸고 있어서 깜짝 놀랐다. 일이 안 좋은 방향으로 돌아가고 있었다. 그때 플랫폼에 몰려 있는 군중 사이에서 내게 벌금 고지서를 발부했던 검표원이 눈에 띄었다. 나는 그를 향해 다가갔고 가능한 한 바싹 붙어 서서 그의 뒤를 따랐다. 우리 앞에서는 경찰관들이 지나가는 사람들을 검문하고 있었다.

---

* 바질 볼리는 1990년대 초에 활약한 프랑스 축구 선수이다. 1993년 유럽 프로 축구 대항전인 챔피언스리그 결승에서 올랭피크 마르세유 소속으로 뛰며 결승골을 넣어 AC 밀란을 꺾고 팀 역사상 처음으로 우승하는 데 결정적인 역할을 했다.

내가 이 장애물을 통과할 수 있는 유일한 방법이라고는 검표원 가까이에 있는 것이었다. 검표원이 살짝 몸을 틀다가 나를 알아봤다.

"너 아직 여기 있구나."

나는 고개를 끄덕이며 계속 말을 잘 알아듣지 못하는 시늉을 했다. 그는 멈춰 서서 내 눈을 똑바로 들여다봤다.

"네가 말을 알아듣는지 모르겠다만 나와 함께 있어야 한다. 어젯밤에 역에서 불량배들이 난동을 부리는 바람에 열차 차창이 전부 깨졌거든. 네가 혼자 나가려다가는 체포될 거다. 컴 온, 보이. 날 따라오렴."

나는 검표원을 따라갔고 우리는 별다른 장애 없이 경찰들 사이를 통과했다. 그 사람은 나를 바깥까지 데리고 나오더니 이제 어디로 가야 하는지 알고 있느냐고 물었다. 나는 그저 이렇게만 대답했다.

"풋, 풋볼, 레이싱, 니스."

"축구 하려고 여기 온 거니?"

나는 고개를 주억거렸고 그는 나를 머리끝에서 발끝까지 톺아보았다. 그러더니 내 가방에 시선을 돌렸다.

"이곳에서 네 운을 시험해 보려고 아침 6시에 무임승차를 한 거야? 그런데 뭘 좀 먹기는 했니? 누가 너를 여기로 보냈어?"

처음부터 이야기를 해 주려면 그 비열한 트라파니와 그의 공모자들이 저지른 꼼수부터 전부 말해야 했기에 시간이 너무 걸릴 터였다. 어쨌든 내가 겪은 사슬의 마지막 고리만 말했다.

"하미다."

"그 하미다란 사람이 누군데?"

"몽트뢰유에 사는 어떤 사람."

"그러니까 그 사람이 시켜서 여기까지 온 거니?"

"아니요. 정한 건 나예요. 난 '새끼 독수리들' 팀에 가고 싶어요."

"뭐! 레이싱은 새끼 독수리하고 아무런 상관도 없는데! 누가 그런 말을 하디?"

"하미다."

"또 그 사람이구나! 그 인간, 하미다란 인간이 네게 헛소리를 지껄여 댔군. 자, 가자. 요 앞 바에서 커피와 샌드위치를 사 주마."

16
니스의 레이싱 클럽

그 검표원은 자신이 할 수 있는 일을 해 줬다. 심지어 자기가 보기에 네네라는 인물도 그저 거짓말쟁이일 것이고 내 여정에 허풍쟁이가 한 명 더 더해질 뿐이라며, 그 유명한 네네를 만나러 가지 않는 게 낫겠다는 충고까지 해 줬다. 하지만 미시라 출신들은 고집이 세다는 것을 알아야 한다. 나는 검표원에게 감사 인사를 했고 그는 내 손에 20유로를 쥐여 줬다. 바마코라면 이만한 액수는 우리 아버지를 비롯한 칼라반 코로 항구의 그 어떤 일꾼이든 간에 일주일 치 노동에 해당하는 금액이었다. 20유로라니. 지금같이 몹시 가난한 때에는 기적이나 다름없었다.

"아니에요. 너무 큰돈이에요. 받을 수 없어요."

"내게는 아무것도 아니다. 네가 받아 주면 좋겠구나."

그는 내 손안에 다시 지폐를 밀어 넣고는 내 손을 꼭 감쌌다.

"돈이 필요할 텐데. 행운을 빈다. 똑바로 가면 레이싱 경기장이 나온다. 조명이 보일 거야. 어쨌든 더 멀리, 끝까지 걸어가다 보면 탁 트인 바다도 나온단다."

"고맙습니다."

"유념해라! 레이싱 클럽이 올랭피크 마르세유는 아니란다!"

우리는 마지막으로 한 번 더 눈길을 주고받은 후 그곳에서 헤어졌다. 나는 마사 바카리가 한 말을 다시 생각해 보았다. 프랑스가 우리를 사랑하게 할 수는 없을지 몰라도, 이곳에는 우리를 싫어하지 않는 사람들도 있었다. 나는 덜덜 떨면서 경기장으로 가기 위해 걸음을 뗐다. 다시 나는 혼자가 되었다. 무사, 이사, 조제프앙투안, 그리고 레 브뤼에르 경기장에서 함께했던 나의 동료들, 모두 사라져 버렸다. 다 스러져 버렸다. 포르튈 1 호텔에서 맺었던 우정도. 내게는 희망이 조금 남아 있었고 꿈의 끝까지 가 보기 위한 두 발이 있었다. 이제는 사람들에게 기대 이상의 능력까지 보여 줘야 했고, 공을 놀려 보고 적응할 시간만 준다면 내가 최상의 측면 공격수, 최고의 중앙 공격수가 될 자격이 있다는 것을 입증해야 했다. 부모님이 굽은 등에 짐을 지고 두 손을 움직여 나를 먹여 살렸듯이, 나는 두 발로 살아 보겠다는 생각이 고스란히 마음속에 남아 있었다. 유럽을 꿈꾸는 일이 얼마나 위험한지 드러났다 하더라도,

나 역시 내 이름이 적힌 트럭이 고향 땅을 누비기를 바랐다. 돈을 빌려 줬던 사람들은 트럭을 사 줘서 고맙다는 인사를 그런 식으로 할 텐데. 그게 관례니까 말이다. 노인네들이 메마른 땅을 굽어보며 알라신에게 애원하는 대신 알라신은 위대하다라고 말하는 것과 같은 이치였다. 내가 벌어들일 돈과 내게서 돌려받은 돈으로 친척 아저씨들은 건물을 올리기 위한 시멘트를 살 수 있을 것이고, 아니면 가장 작은 함석집이나 벽토를 바른 가장 낮은 담벼락이라도 새로 칠하게 페인트를 여러 통 살 수 있을 것이다. 오렌지색, 그것도 관례이다. 프랑스 텔레콤의 자회사 오렌지가 전화기를 팔아먹으러 말리에 들어온 뒤 그 회사를 대표하는 오렌지색이 전국을 휩쓸어 버렸다.

공을 차서 돈을 모으면 거리의 아이들이 작은 위안이라도 누리려고 찾아오는 마을 회관에서 성탄절 축제를 자그마하게 열어 줄 수 있을 텐데. 나는 그 아이들이 그저 미소만 보여 줘도 내 앞의 온갖 도전을 받아들이고 어떤 장애물이든 통과할 수 있을 텐데. 우울한 생각들을 마지막 찌꺼기까지 전부 털어 버리고, 관중석 위로 우뚝 솟은 조명이 보이기 시작하는 경기장을 향해 좀 더 자신 있게 발걸음을 옮겼다. 눈에 띈 문을 향해 걸어갔다. 문을 열고 그 뒤로 이어진 복도를 두근거리는 심장을 안고 걸었다. 유리 칸막이 뒤에 어떤 여자가 앉아 있었다. 그 여자가 미소를 지으며 나를 향해 고개를 돌렸다.

"안녕하세요."

"그래, 안녕. 무슨 일로 왔니?"

"네네 씨를 찾고 있어요."

"네네 씨라, 아는 사이니?"

"아니요. 레이싱에서 뛰고 싶어서요."

"어디서 왔니?"

"역에서요."

"아니, 그 전에 말이야. 어느 도시? 어느 나라?"

"말리에서 왔어요."

"누가 널 우리에게 보냈지?"

"파리에 사는 하미다 씨요. 네네 씨 친구예요."

"그래, 네네 씨는 친구가 많지……. 여기에서 성공하고 싶은 거
니?"

"예."

"너도 알겠지만 쉽지 않은 일이란다. 몇 살이지?"

나는 대장정을 시작하자마자 나이에 관한 질문이 중요하다는
것을 알았다. 어떤 사내애들은 덫에 걸려들까 봐 무섭기도 하고 성
인으로 보이면 더 많은 문이 자기 앞에 열릴 거라고 생각하여 실
제보다 나이 들어 보이는 쪽을 택했다. 밑바닥에 진실이 없는 모호
한 세상에 갇혀 버린, 생년월일 미상으로 추정되는 아이들 전부가
겪는 일이었다. 트라파니, 그 인물은 우리에게 반대라고 주장했는

데 어쩌면 그게 그의 방식이었는지도 몰랐다. 나는 잠시 머뭇거리다가 대답했다.

"열여섯이 다 됐어요. 그런데 네네 씨를 만날 수 있을까요?"

"여기 와 계신지 알아볼게."

여자는 전화번호를 누른 뒤 바퀴 달린 의자에 앉아 몸을 흔들거리며 기다렸다. 상대방이 전화를 받자 어떤 사내아이가 당신을 만나겠다며 경기장에 와서 기다리고 있다고 설명했다.

"테스트를 받고 싶은 모양이에요. 하미다라는 사람이……. 기다리라고 할까요? 좋아요. 알았어요."

여자는 그 말을 끝으로 전화기를 내려놓더니 내 쪽으로 몸을 돌리고 초록색 눈으로 나를 물끄러미 바라봤다.

"네네 씨가 곧 도착할 거야. 지금 오는 중이시라네. 제대로 된 신분증은 있고?"

"삼 개월짜리 비자가 있어요."

"날짜는 아직 안 지났지?"

"예."

"사람들이 네게 성공하기 힘들다는 말은 해 줬니? 너 같은 처지의 아이들이 많단다. 그리고 그걸 이용해 먹으려는 사람들도 많고. 인간 장사꾼들도 있는데 정말이지 집게발을 마구 휘두르는 게 떼 같지 뭐니."

나는 맞장구를 쳐 주며 내가 겪은 이야기 중 한 토막을 들려줄 수도 있었지만, 이 여자가 내 속을 떠보려는 속셈인지 아니면 정말로 조심하라고 하는 말인지 알 수가 없어서 경계를 풀지 않았다.

"넌 그래도 운이 좋은 거야. 네네 씨는 좋은 모집책이란다. 네네 씨가 아르메니아, 그루지야로 보낸 네 나이 또래 아이들이 벌써 여럿이야. 청소년 국가 대표가 되면 월급이 제법 될 텐데, 그러자면 국적을 바꿔야 한단다."

"전 프랑스에 머물고 싶어요."

"프랑스에서는 말이다, 성공하기까지 시간이 너무 많이 걸릴지도 모른단다. 누군가의 눈에 들 때까지 기다리다가는 네 발목이 버티지 못할 거야. 네가 열여덟 살이라고 하자, 좋지? 그게 모두에게 훨씬 더 편할 거야."

"모두에게요?"

이 질문을 하는데 마침 경기장 주차장에 어떤 차가 와서 멈춰 섰다. 우리나라에서는 거의 본 적이 없는, 차창에 선팅이 되어 있고 차체가 거울보다도 번쩍거리는 자동차였다. 나는 이 자동차가 나를 유벤투스나 맨체스터, 그리고 어쩌면 몇 분 전까지 내가 이름도 들어 본 적 없던 나라나 경기장으로도 데려갈 수 있다는 생각에 몸을 떨었다.

17
그린 카펫

    한 남자가 손에 서류 가방을 들고 귀에 휴대 전화를 댄 채 차에서 내렸다. 마치 내 이적에 필요한 마지막 세부 사항들을 조율하기라도 하는 듯했고, 니제르 강 위의 카누들이 놀라 뒤집어질 만한 엄청난 액수의 계약서에 나는 미소를 지으며 서명만 하면 될 것 같았다. 그는 건물을 향해 걸음을 옮겼고, 나는 그의 뒤를 따라서 유리 칸막이 뒤로 들어갔다. 여전히 휴대 전화에 귀에 댄 채 사무실로 들어간 그는 내게 눈길도 주지 않고 윗도리와 서류 가방을 내려놓았다. 마침내 전화가 끝나자 비서와 포옹을 하며 건성으로 인사를 나누더니 내게도 건성으로 손을 내밀었다.

    "그래. 얘야, 그린 카펫을 불태우고 싶다고?"

"예, 선생님."

"사람들은 날 네네 씨라고 부른단다, 넌?"

"쿠난디라고 합니다."

"누가 널 보냈니?"

"하미다 디아바테입니다, 선생님."

"하미다! 허, 그 녀석, 아직도 날치고 있구나?"

"그분을 아세요?"

"오! 그렇기도 하고 아니기도 하지. 벨기에의 로케렌에서 함께 뛰었던 것도 같은데, 그게 벌써 언제 적 일인데. 하미다 디아바테. 그 녀석 허리가 정말 유연했지. 하미다를 마크하는 측면 수비수들이 그 때문에 미쳐 날뛰었다니까. 팔꿈치 가격도 장난 아니었어. 술고래가 맥주잔 들어 올리면서 팔운동 꽤나 했거든. 자, 그러니까 테스트를 받고 싶다고?"

"예, 선생님. 이탈리아로 가기 전에요."

"그래, 물론 네가 원한다면 이탈리아지. 제노아 팀에 내가 아는 사람들이 있단다. 하지만 참고 기다려야 한다. 네가 뛰는 모습을 내가 봐야 하니. 니스에서 열일곱 살 미만 청소년들을 대상으로 대회가 열린단다. 며칠 후에 열리는데 뮌헨, 칸, 그리고 다른 곳에서 온 아이들이 참가할 거야. 내 친구 롤랑이 널 자기네 팀에 넣어 줄 거다. 하지만 네 이름과 생년월일은 바꿀 거야."

네네 씨가 비서를 향해 몸을 돌리자 비서가 곧 그에게 용지 한 장과 카메라를 내밀었다.

"물론 사진이 없겠지. 선수 등록을 하려면 사진이 필요해. 자, 이 의자에 앉아서 포즈를 취해라. 내가 증명사진을 하나 뽑아 주마."

그는 만족스러운 사진이 나올 때까지 카메라 셔터를 여러 번 눌렀다.

"이게 괜찮겠네. 이거면 되겠다. 하나 더 뽑아 줄 테니 가족한테도 보내라. 네 얼굴을 보면 모두들 좋아할 거야, 그렇지? 가족들은 어디 사시니?"

"말리요."

"아, 말리, 독수리들! 내가 맡았던 아이들 중에 그곳에서 온 아이도 있었지. 몇 명은 계약서도 썼고 돈도 제법 번단다."

그는 이름은 말해 주지 않고 그저 돈벌이에 관련된 소식만 내세워 내 눈을 반짝이게 했다. 그가 돌봐 줬던 아이들이 지금 돈을 벌고 있다니 나 역시 올바른 길로 들어선 거라는 생각이 들었다. 다시 처음부터 이런저런 시합에 나가 모집책들의 눈에 들려고 애써야 한다고 하더라도, 당연히 나는 돈을 번다는 그 아이들의 뒤를 따르고 싶었다. 나는 꼭두새벽에 기차를 탔을 뿐인데 벌써 다시 모험의 길로 들어선 것 같았다. 사진, 선수 등록증, 이 모든 것은 내가 비록 이름과 나이를 잃더라도 일이 진척되고 있다는 것을 의미했다. 강 저쪽에서부터 나를 이끌어 주던 별이 다시 빛을 뿜기 시작했다. 발 안쪽에 맞아 살짝 회전하며 마지막까지 휘어져서 골문 가장자리에 아슬아슬하게 꽂히는 축구공처럼 나도 그물에 제대로 꽂혔다는 느낌이 다시 들기 시작했다.

"자, 그럼. 얘야, 한두 번 정도 테스트를 받는 게 좋을 거다. 그런데 난 너의 보모 노릇까지 할 생각은 없단다! 나도 내 몫을 챙겨야지. 무슨 말인지 알겠지?"

"예, 그런데 왜 나이를 바꿔야 하나요?"

"한 이삼 년 전부터 자기네들 일이나 할 것이지 우리 일에 나서서 엿 먹이려는 인간들, 바로 잘난 척하는 정치꾼들이 죄 들쑤셔 놔서 그래. 아예 물꼬를 막고 싶어 한단다. 그러려고 법까지 만들었지. 어쨌든 법망을 살살 피해 나가는 재주가 필요해. 이해가 되니?"

"예, 어느 정도는요."

"어떤 프랑스 이름이 마음에 들려나?"

"잘 모르겠는데요……. 지네딘……."

"아, 그 이름. 사람들은 그게 프랑스 이름인 줄 아는 모양인데, 진짜배기 프랑스 이름은 아니지. 다른 걸로 대 봐."

"살리프요. 아니면 사뮈엘. 사뮈엘은 어떤가요?"

"아! 너희들은 모두 그 이름을 좋아하더라. 전부 그 선수처럼 되고 싶은 게지. 그럼 사뮈엘로 하자. 베르탱 양, 선수 등록증에 적어 넣으세요. 사뮈엘입니다."

"그런데 성은요?"

"사뮈엘 살리프라고 하자꾸나. 살리프, 잘 어울리잖니. 자! 이 일은 좀 이따 마저 마치자꾸나."

나는 마침내 이렇게 시작된 모험이 날아오를 수 있게 이름과 나이를 포기했고, 그렇게 나의 일부를 벗어던졌다.

"옷을 갈아입어야 하니까 탈의실로 가자. 운동장에서 네 재능을 조금 보여 다오, 괜찮지?"

나는 그에게 '미안하지만 안 되겠어요. 저는 그저께는 건물 입구에서, 어젯밤은 역에서 열차 시간표를 들여다보며 보냈거든요.'라고 대답하지 못했다. 나는 그에게 발목부터 머리끝까지 피곤에 절었다고 말하지 못했다.

"알겠습니다, 선생님. 제 컨디션은 아주 좋아요."

"잘됐군! 자, 사뮈엘. 일을 하자!"

네네는 나를 복도 끝에 있는 탈의실로 데려갔다. 나는 그곳에서 가져온 운동복으로 갈아입고, 신발도 낡은 축구화로 갈아 신었다. 바닥에 스파이크가 부딪치며 나는 소리, 마지막 시합을 치른 뒤 잠시 잊고 있던 그 음악을 다시 들으니 기분이 좋아졌다. 미시라에서 시합할 때는 흙바닥이라 소리가 안 났기 때문에 스파이크가 내는 음악을 알지 못했다. 타일이 깔린 바닥에 스파이크가 부딪치며 나는 소리, 이건 아마도 터널을 빠져나왔다는 뜻이겠지. 잔뜩 주눅이 든 채 그린 카펫을 밟는 순간, 내 머릿속에서 함성이 울려 퍼지는 것만 같았다. 네네가 내 등에 대고 고함을 치는 바람에 현실로 돌아왔다.

"자, 이 공 받아라. 터치라인을 따라서 공을 한번 몰아 봐. 중앙선까지 갔다가 다시 내게로 돌아오너라. 삼십 초 안에 말이다. 알겠지?"

"예, 선생님."

"구장에서는 '예, 코치님.'이라고 해야지. 알겠나?"

나는 내 두 발이 모든 요령을 잊어버린 것만 같아서, 날렵함이 모두 사라진 것만 같아서, 공포로 배가 똘똘 뭉친 채 중앙을 향해 공을 몰며 나아갔다.

18
궁전

"이런 제길, 늙어 빠진 말 같구나!"

네네는 다음 훈련을 위해 오렌지색 플라스틱 고깔들이 일렬로 늘어선 곳으로 데려가더니, 양발을 번갈아 사용해서 그 사이로 공을 몬 다음 골문 20미터 앞에서 슛을 날려 보라고 했다. 나는 진땀을 흘리고 있었고, 허파는 좀처럼 제 기능을 되찾지 못했다. 그는 마지막 테스트라며 기둥을 하나 세우더니 거기에 축구공을 매달았다.

"연달아 헤딩 삼십 번. 단 공이 내려올 때는 두 번 튕길 것."

지옥에라도 떨어진 듯했다. 뛸 때마다 장딴지가 너무 고통스러웠다. 네네는 소리를 질러서 박자를 맞춰 줬다.

"자, 자, 공 놓치지 말고. 뛰어! 뛰어! 제길, 이마! 튕겨! 다섯 번 남았다. 뛰어, 뛰어! 너무 느리다."

마지막 헤딩과 동시에 쓰러진 나는 잔디에 얼굴을 처박은 채 네네가 시끄럽게 떠드는 소리를 들었다.

"그럼 안 되지. 안 돼. 아직 끝난 게 아니다! 경기장 네 바퀴, 달려서!"

나는 경기장을 돌려고 다시 몸을 일으켰고, 네네가 메모를 하면서 지켜보는 가운데 두 주먹을 불끈 쥐고 운동장을 돌았다. 내가 마지막 바퀴를 돌고 네네 앞에 도착하자 그가 무덤덤한 목소리로 말했다.

"사뮈엘, 가능성은 있지만 더 다듬어야 한다. 그리고 느려. 그런데 차이는 바로 속도에서 나오는 법이거든. 자, 샤워실로! 베르탱 양이 있는 사무실에서 다시 보자. 선수 등록을 끝내야지."

"예, 선생님."

나는 숨을 몰아쉬며 대답했다.

나는 수도꼭지에 머리를 갖다 댄 채 며칠 전부터 씻을 기회가 없었던 몸뚱어리 위로 물이 흘러내리게 두었다. 몸을 닦는 데 쓸 수건이라고는 프랑수아가 일하던 호텔에서 얻은 쪼그만 수건밖에 없었다. 호텔 청소부에게 이 수건을 가져도 되느냐고 물었을 때 그 여자는 대답 대신 그저 웃어 보일 여력밖에 없었다. 내 옷들은 더 이상 깔끔하지 않았지만 그게 내가 가진 전부였다. 옷을 갈아입고 사무실로 가자 네네가 그의 몸집에 비해 지나치게 커 보이는 안락의자에 파묻혀 있었다. 그는 수첩을 닫았는데, 아마도 그 안에 내 미래의 일부가 담겨 있으리라.

"좋아, 시합이 있으니 내일 다시 보자. 하지만 지구력을 키워야 한다. 그렇지 못하면 배겨 낼 수 없을 거다. 독일 애들은 아주 끈질긴 데다가 덩치가 장난 아니거든. 시합은 건강 유지 차원의 걷기와는 거리가 멀단다."

"그러니까 제가 시합에서 뛰는 건가요?"

"그리되겠지. 뛰게 될 거야! 쉬운 일은 아니지만……. 그런데 어디에 묵고 있지?"

"숙소가 없습니다."

"없다니, 그게 무슨 말이냐? 어디서 왔는데?"

"기차로 도착했어요."

"아, 그래! 하미다라, 그렇지……."

"클레망소에 방을 잡을 수 있을 거예요."

비서가 말했다.

"그래, 그럴 수 있겠지. 베를리우에게 전화해서 빈방이 있는지 알아봐 주겠소?"

"그러죠."

방이라는 말을 듣자 기다림으로 얼룩진 저녁 시간들과 불안이 갉아먹던 밤 시간 등 포르뮐 1과 얽힌 기억들이 다시 생각났다.

"너도 알게 되겠지만 궁전 같은 곳은 아니란다. 어쨌든 기다리는 동안 지붕 노릇은 해 줄 거다."

네네는 무심한 말투로 그런 말을 입 밖에 냈다. 나는 니스에 도착하자마자 이렇게 빨리 일이 풀릴 거라고는 감히 생각조차 못했다. 미시라를 떠난 이래로 내가 걸어온 길에서는 비가 내려도 무지개가 뜨는 법이 없었다.

"가능하답니다. 사뮈엘을 보내기만 하면 되겠네요. 그 뒤야 알아서 하겠죠."

"자, 사뮈엘, 좋은 소식이로구나! 안전한 곳에서 잘 수 있게 됐다."

"내가 주소를 적어 줄게. 글자는 읽을 줄 알지?"

비서가 물었다.

"예."

학교는 이제 아스라한 기억일 뿐이었지만 적어도 글을 안다는 대답은 할 수 있었다. 우리 고장에서는 모두가 그렇게 대답할 수 있는 것은 아니었다.

"좋아. 역에서 왔다고 했으니까 역이 어디 있는지는 알겠네! 자, 일단 역에 도착하면 폴비비엥 거리와 클레망소 호텔이 어디인지 사람들에게 물어보렴. 내가 여기 종이에 적어 뒀다."

"고맙습니다. 그런데 방값은요?"

"너 빈털터리냐?"

"예."

"이런 젠장. 너희들은 모두 똑같구나. 땡전 한 닢 없이 바다를 건너와서는 도움을 받더군. 오늘 저녁은 괜찮다. 내가 지불하마. 하지만 앞으로는 해결책을 찾아야 할 거야."

"알겠습니다. 고맙습니다. 정말 고맙습니다."

나는 하룻밤일지언정 묵을 곳이 생기자 온통 행복해진 나머지 덧붙일 말이 아무것도 없었다. 나는 네네 씨의 마음이 바뀔까 봐 겁나서 돌아볼 생각은 하지도 못하고 얼른 가방을 주워 들고는 출구로 향했다. 장딴지가 무척 아팠지만 역으로 가는 길이 훨씬 가깝게 느껴졌다. 나는 지나가는 사람들에게 폴비비엥 거리가 어디냐고 물어봤다. 비비엥이라는 이름을 발음할 때마다 위대한 마르크 비비엥 포에가 떠올랐다. 하프 타임● 때 동료들에게 "친구들, 운동장에서 쓰러지는 한이 있더라도 이 경기를 이겨야 해."라는 말을 하고 난 뒤 동료들 앞에서 쓰러지고 만 그 불굴의 사자 말이다. 포에는 후반전이 시작되자마자 센터 서클●●에서 쓰러졌고 그대로 목숨을 잃었다.

"폴비비엥 거리라고? 거의 다 왔다. 저 모퉁이란다."

어떤 할머니가 길을 묻는 내게 대답해 줬다.

● 축구처럼 전·후반이 있는 구기 경기에서, 전반과 후반 사이에 쉬는 시간.
●● 농구·축구·아이스하키 등의 운동 경기에서 경기장 중앙에 그어 놓은 원.

27번지 자리에 야트막한 건물이 하나 있었다. 입구 위에 걸려 있는 빛바랜 표지판에는 '가구 완비 하숙형 호텔'이라고 적혀 있었다. 어두침침한 복도 끝에 종이와 책들이 어지럽게 놓인 책상이 있었고 그 뒤에 어떤 남자가 앉아 있었다. 그는 권태롭고 멍한 표정으로 나를 올려다봤다.

"안녕하세요. 방 때문에 왔는데요."

"방이라고? 그래, 여기서 하는 게 그런 일이지."

"저, 네네 씨가……."

"아! 그래. 막 전화받았다. 너한테 여기를 추천한 사람이 네네 씨라면 제일 좋은 방을 줘야지. 그래, 그 양반, 그 노예 상인은 잘 지낸다니?"

"그분을 아세요?"

"그럼. 레드 스타에서 함께 뛰었단다. 그 뒤 그치는 벨기에로 떠났지."

"로케렌으로요?"

"아마 그럴걸. 그치가 돌아온 뒤로 우리는 바를 하나 냈고, 둘 다 보이 노릇도 했지."

"보이요? 그게 뭔데요?"

"아, 종업원을 말하는 거란다. 그러다가 어느 날 은퇴한 노인네들이 모두 그러듯이 찬 바람 드는 뼈다귀 좀 데우려고 남쪽 지방으로 내려왔단다. 그치는 나와 달리 여전히 축구공으로 성공 가도를 달리고 있지. 나는 어두컴컴한 데서 시간을 죽이고 있고. 태양과 바다를 보러 왔건만 보이는 건 이 벽뿐이니. 자, 수다는 이제 그만. 열쇠 여기 있다. 3층의 23호실이다. 화장실도 같은 층이고."

나는 고맙다는 말과 함께 열쇠를 받아 들고 다리에 남아 있는 힘을 쥐어짜서 층계를 올라갔다. 독특한 냄새가 목구멍을 찔러 댔는데 그 냄새는 방문에 다다를 때까지도 계속 따라왔다. 방문을 밀고 방 안에 들어가니, 마침내 약간의 평화를 누리게 되어 행복했다.

19
속도

지린내는 침대에 몸을 길게 누일 때까지도 나를 따라왔다. 살짝 열린 덧문 사이로 햇살이 들어와 허공에서 춤추는 먼지들이 보였다. 공기가 숨 쉬기 어려울 정도로 좋지 않아서 나는 다시 일어나 창문을 열었다. 잠시 안마당을 내려다보며 신선한 공기를 한껏 들이쉬고 다시 침대로 돌아가 누웠다. 침대와 붙어 있는 벽을 통해서 소음이 들려왔다. 어떤 남자가 커다란 목소리로 떠들고 노래하다가 소리를 지르기 시작했다. 나는 테스트 때문에 기진맥진한 데다가 어젯밤에 거의 못 잤기에 어느샌가 잠이 들고 말았다. 잠에서 깨어났을 때 소음은 그친 상태였다. 나는 바지와 얼추 깨끗해 보이는 셔츠를 꿰어 입고 악취가 풍기는 계단을 내려갔다. 경비원이 이

시각에 어디로 가면 먹을거리를 구할 수 있는지 알려 줬다.

"이 거리 끝에 가면 터키나 아랍 사람이 너한테 약을 팔 거다. 그러니까 약이 뭐냐면 그 사람들이 파는 케밥 얘기란다. 진짜 약은 시내까지 나가야 있고. 어쨌든 넌 운동선수니까 약에는 손대지 말아야지."

하숙에서 몇 발짝 떨어진 곳에 구운 고기 냄새를 풍기는 싸구려 음식점이 하나 열려 있었다. 다흐라의 집 주변이나 저녁이 내린 우리 동네의 거리들에서 흔히 보던 풍경이었다. 내 배는 음식을 달라고 재촉했다. 호텔로 돌아가는 길에는 벌써 몽롱한 잠기운이 몰려들었다.

"그래, 양고기 요리는 맛이 괜찮았어?"

"예, 선생님."

"저런, 우리 사이에 무슨 선생님. 이곳 사람들은 나를 베를리우라고 부른다. 그게 내 이름이고 내 별명이지. 사람들은 그저 그렇게만 불러. 니스 바닷가 사람들 모두가 그 이름으로 나를 알고 있단다. 그런데 거참, 일찍도 돌아왔네?"

"피곤해서요. 잠을 푹 자야 하거든요."

"아, 그렇지. 축구가 설렁설렁 할 일은 아니지. 프랑스 국가 대표 놈들, 그러니까 레이몽 도메네크의 똘마니들이 너 같기만 했어도 얼마나 좋을까.* 염병, 머저리 같은 놈들이 파업까지 했단다. 그렇게 엄청난 돈을 벌면서 말이야!"

나는 아무런 대답도 하지 않았다. 우리 말리의 축구 대표인 독수리들도 월드컵 출전권을 따내지 못했으니까. 나는 침대에 누워 천장을 바라보며 이 장애물 경주에서 무엇이 나를 기다리고 있을지 생각했다. 때로는 그물에 걸려들어 발목과 손목이 꽁꽁 묶인 채 먼 바다로 끌려가는 절망적인 상황에 빠진 내 모습이 그려졌다. 또 때로는, 내 손을 한 번이라도 만져 볼 수 있어서 기뻐하는 아이들의 손을 잡고 바르셀로나의 캄프 누 스타디움이나 맨체스터의 올드 트래퍼드 혹은 리버풀의 안필드 로드에 서 있는 내 모습이 보이기도 했다. 혹은 바마코, 야운데, 아비장을 비롯해 도로조차 나 있지 않은 후미진 마을을 방문하여 길게 늘어서서 자기 순서를 기다리느라 고생하는 사람들을 다독이려고 애쓰는 내 모습이 그려지기도 했다. 그런 후미진 마을에서도 공만 잘 차면 삶이 바뀔 수 있다는 것을 모두 알고 있다.

이튿날 아침 나는 예정대로 경기장으로 갔다. 나를 맞은 사람은 어딘가 거북한 표정의 비서였다.

"네네 씨는 오늘 오시지 않는단다. 오늘은 혼자서 연습하라는구나. 어쨌든 토요일 아침에는 여기에 들러서 널 데리고 경기장으로 가실 거라고 했어."

● 레이몽 도메네크는 2010년 남아공 월드컵에서 프랑스 국가 대표를 이끈 감독이다. 하지만 선수 장악에 실패하며 내분을 겪고 1무 2패로 조별 예선에서 탈락했다.

나는 전날과 마찬가지로 땀을 흘렸다. 기억을 더듬어서 똑같은 방식으로 훈련했고 기둥에 묶은 공을 마흔 번 헤딩하는 것까지 해냈다. 왼쪽 장딴지가 당기기 시작했고 탈의실로 돌아갈 때는 절뚝거렸다. 떨어지는 물줄기를 맞으며 호텔의 지린내 그리고 광대뼈와 눈을 찔러 대는 소금기를 씻어 버리고, 가죽 공을 마흔 번 튕겨낸 이마를 살살 달랬다. 나는 성공을 거머쥐려면 무엇을 더 해야 할지 몰랐지만 도움을 요청하는 기도 비슷한 말과 친구를 위한 말들을 읊조렸던 것 같다. 강기슭의 우리 마을에서 사람들은 알라신에게 간구하거나, 펠러커 선(船)●을 타고 왔던 백인 선교사의 모습을 한 다른 신을 찬양한다. 어쩌면 그 백인 선교사들은 오늘날 완전무결한 옷차림으로 또 다른 약속을 가지고 오는 사람들의 아버지뻘인지도 모른다. 이제는 장사꾼들이 신전 안으로 들어왔고, 기도도 그 앞에서는 아무 효과가 없다. 그런데도 내 마음속 깊은 곳에서는 마법을 버리고 싶지 않았다. 그 무엇도 내가 전진하는 것을 막지 못하리라. 탈의실에서 나오는데 베르탱 양이 앞뒤 설명 없이 내게 통고했다.

"내일 7시 반에 경기장 철문 앞으로 와 있으란다. 네네 씨가 널 데려갈 거야."

나는 클레망소 호텔로 돌아왔다. 경비원 베를리우는 내게 별다

● 고대 이집트에서부터 사용한 돛단배로 바람의 힘으로만 항해한다.

른 질문을 하지 않았고, 나 역시 그에게 이 호텔에 아프리카 소년들이 종종 묵으러 오는지 묻지 않았다. 나는 그의 십자말풀이를 방해하지 않았고, 그는 악취를 맡으며 계단을 오르는 나를 방해하지 않았다. 주머니에는 15유로 정도, 하루나 이틀 식사할 수 있을 돈만이 남아 있었다. 미시라에서라면 온 가족이 이 돈으로 일주일은 먹고살 수 있으리라. 곰팡이가 얼룩진 벽으로 막힌 공간에 다시 혼자 있게 되자, 지금 거처로 쓰고 있는 이 쥐구멍에 비하면 정말이지 궁궐과 다름없던 포르필 1이 그리워지기 시작했다. 하지만 내일 출전이 결정된 시합이 있으니 아직 희망이 남아 있었고, 내 모든 능력을 보여 주겠다는 열망은 열 배로 부풀었다. 옆방에서 들리는 아이들이 떠드는 소리, 누군가에게 욕설을 퍼붓는 소리에 바다 갈매기 우는 소리까지 잊어버리려고 애쓰며 누워서 쉬었다.

이튿날 커피 한 잔 마시고는 경기장 정문 앞 약속 장소로 나갔다. 시계는 약이 다 떨어지는 바람에 몇 주 전부터 죽어 버린 상태였지만 기다리는 시간이 이상하게 긴 듯했다. 길모퉁이에 자동차가 나타날 때마다 나는 네네의 차인지 확인하려고 앞으로 나가 보았다. 하지만 그 번쩍거리던 차는 코빼기도 보이지 않았다. 불안해진 나는 비루먹은 조그마한 개를 끌고 내 앞을 지나가던 어떤 할아버지에게 몇 시인지 물어봤다.

"몇 시냐고? 나한테야 곧 아니스 주● 한잔 당길 시간이지! 하지만 너한테는, 글쎄다, 한 11시쯤 되었을까. 그래, 거의 그렇지······."

네네가 이렇게 늦는 게 우연일 리 없다는 생각이 들었다. 그 순간, 마리위스나 다른 모든 사람들이 그랬듯이 네네 역시 막 나를 바람맞혔다는 사실을 깨달았다. 그러자 곧장 테스트를 받을 때 들었던 말이 떠올랐다.

"느려. 그런데 차이는 바로 속도에서 나오는 법이거든."

나는 그 비슷한 말을 오를레앙의 레 브뤼에르 경기장에서도 들었다. 바로 그게 문제였던 거다. 그들은 모두 내가 너무 느리다고 생각했던 거다. 나는 축구 경기장이 어디에 있는지 물으려고 개를 끌고 가는 노인을 따라잡았다.

"보통은 레오라그랑주에서 시합을 하지만 이 도시에 경기장이 한두 개여야지. 레오라그랑주는 르 레 대로 쪽에 있다. 예전에 내가 좀 더 빨리 걷던 시절에는 거기에 종종 갔지만 지금에야······."

● 아니스의 열매로 맛을 낸 스페인의 독한 술.

20
친구들

　이제는 망설임 없이 빨리 걷든가 경기장 앞으로 나를 데려다 줄 버스를 타려고 시도해야 했다. 쓸쓸함이나 슬픔을 되씹고 있을 시간이 없었다. 나는 어깨에 스포츠 가방을 메고 달렸다. 닫힌 철문 앞에서 영광을 향한 나의 꿈과 가족의 희망이 스러질까 봐 너무나 두려웠다. 어둠 속에 묻힐지도 모르고 다시 길거리에 맞서야 할지도 모른다는 공포에 제정신이 아니었다. 뛰고 또 뛰었다. 포기하고 싶지 않았고 불운과 액운에 따라잡히고 싶지 않았다. 그 할아버지는 이 도시에 축구 경기장이 한두 개가 아니라고 말했지만 몇 시간이 걸리더라도 시합이 열리는 바로 그 경기장을 찾아내야만 했다. 광장 앞에 세워 놓은 작은 안내판에 몇 가지 공지 게시물이 붙어 있었다. 그중 하나에 바이에른 뮌헨의 이름이 적혀 있는 걸 보니 네네가 말했던 바로 그 시합 같았다. '시립 종합 운동장. 피에르 솔라 대로.' 나는 머리 한구석에 그 이름을 집어넣은 뒤, 다시 길을 가르쳐 줄 만한 사람을 찾았다. 머리에 헤드폰을 쓴 어떤 젊은 여자가 내 쪽으로 달려오고 있었다. 내 손짓에도 불구하고 그 여자는 커다란 검은색 선글라스 뒤에서 나를 못 본 척했다. 경기장 관중석의 뒷담을 따라 걷다 보니 나무들이 쭉 늘어서 있는 대로와 만났다. 어떤 남자가 자동차에 막 타려는 참이었다.

"잠깐만요. 피에르솔라 대로가……."

"피에르솔라? 경기장이 있는 곳 말하는 거니?"

"예. 경기장요."

"네가 좋다면 근처까지 데려다 주마. 마침 가는 길이거든. 내가 사는 곳에서 오 분 거리란다."

나는 두근거리는 가슴을 안고 조수석에 올라탔다. 네네의 결정에, 특히 나를 따돌린 행동에 여전히 몹시 혼란스러웠지만 길을 제대로 찾아내서 다행이었다. 운전자는 내가 무릎 위에 올려놓은 가방을 보더니 물어 왔다.

"거기서 약속이 있니?"

"예. 약속을 했는데 늦어서요……."

"어떤 팀에서 뛰는데?"

"어……, 레이싱 팀에서요. 하지만 팀에 들어간 지는 얼마 안 됐어요. 테스트를 받아 보려고요."

"테스트?"

"예. 프로 축구 선수가 돼서 제노아나 유벤투스로 가려고요."

"유벤투스? 그렇다면 챔피언감인데!"

"아직은 아니에요."

"악센트가 있는데, 어느 나라에서 왔니?"

"말리요. 말리."

"경치가 아름다운 곳인가?"

"그럼요, 아름다운 나라랍니다. 아름다운 나라지요."

"내가 경기장 가까이에 내려 주마. 일급 선수를 실어 나르는 건 매일 할 수 있는 일이 아니거든."

"고맙습니다."

남자는 약속을 지켰고, 오 분 뒤 우리는 관광버스와 자동차로 가득한 주차장에 도착했다.

"자……. 얘야, 그런데 네 이름이 뭐니?"

"쿠난디요."

"그래. 행운을 빈다, 쿠난디. 네가 뜻하는 대로 일이 잘 풀리기를 바라마."

"고맙습니다. 고맙습니다."

나는 후들거리는 두 다리를 끌고 차에서 내렸는데, 모르는 남자가 나를 도와줬다는 사실에 감동했고 네네와 부딪쳐야 한다는 생각에 겁이 잔뜩 났다. 네네가 사납게 반응할지도 몰랐다. 또한 하숙집 경비 베를리우가 묘사한 대로 네네가 진짜 노예 상인이라면 내 존재 따위는 신경조차 쓰지 않을 수도 있었다. 그 경비는 농담이랍시고 말했을지도 모르지만 우리나라에서는 장난으로라도 그 단어를 입에 올리지 않은 지 이미 오래였다. 말리 북부에서는 여전히 노예를 사고판다는 이야기가 도는 만큼 더더욱 그러했다.

지금으로서 원하는 것은 단 하나였다. 레이싱 클럽을 찾아내어 감독에게 내가 왔다고, 그리고 아침 약속은 내가 늦는 바람에 지키지 못했다고 말하는 것이다. 나는 경기장 탈의실에 걸려 있던 유니폼을 봐 두었기에 레이싱 클럽이 녹색 유니폼을 입고 뛸 거라고 생각했다. 운동장으로 달려 들어가니 내 나이 또래의 축구 선수들이 발로 공을 차거나 몸을 풀면서 사방팔방으로 뛰어다니고 있었다. 운동장 한쪽에서 내가 찾던 색깔을 발견했다. 나는 둥글게 모여 앉아 있는 그 무리를 향해 다가갔다. 선수들은 나를 등지고 서 있는 남자의 조언을 듣고 있었다. 거리가 가까워지니 그 남자의 목소리라는 걸 알아챘다. 내가 찾던 바로 그 사람이었다. 나는 네네를 드디어 찾아냈다는 즐거움과 그가 내게 눈총을 쏘아 댈 거라는 두려움 사이에서 갈팡질팡하며 더 이상 나아가지 못했다. 나는 둥글게 모여 앉은 선수들의 주위를 돌아 그 남자와 정면으로 마주 보는 곳에 가서 섰다. 그는 차분하게 이야기를 이어 나갔고, 유럽의 축구 지도자들이 애용하는 듯한 그 모든 단어들, 그러니까 체력 회복, 압박 작전 같은 용어를 쓰며 전술에 관해 말했다. 나는 그의 눈길을 붙잡으려고 애썼지만 그 순간 그에게 나는 존재하지 않는 인물이었다. 선수들이 일어서서 단체 구보를 하러 가자 네네가 나를 향해 한 발 다가왔다.

"여기서 뭐 하는 거지?"

그 순간 나는 아무것도 하고 있지 않았다.

"여기엔 어떻게 왔지?"

"걸어서요."

"좋아. 어쨌든 팀에 빈자리가 없다."

"제가 충분히 빠르지 않나요?"

"빠르지 않다니, 무슨 소리냐?"

"제 속도가 모자라나요?"

"누가 그런 말을 했지?"

증오심이 목구멍을 뚫고 솟구쳐 올랐다. 이자가 다른 사람들, 트라파니, 마리위스 같은 인물들이나 이름조차 알려 주지 않은 그 모든 인간들 대신에 값을 치를 터이다. 네네는 미처 피하려는 그 어떤 동작을 시도해 볼 새도 없이 얼굴 한복판에 침 벼락을 맞았다. 그는 잔뜩 성이 나서 나를 향해 손을 치켜들었다가 다시 내렸고, 아무 말도 없이 가방에서 유니폼을 하나 꺼내 얼굴을 닦았다. 나는 형편없는 모양새가 되어 버린 그 사람을 계속 험상궂게 노려보았다. 그는 아무 말도 하지 않고 나를 무시하더니 뒤돌아섰다. 그가 멀어졌고 나는 터치라인 바깥의 풀밭으로 가서 앉았다. 맞은편에 커다랗게 웃으면서 떠들고 있는 흑인 아이들 몇 명이 눈에 들어왔다. 나는 주저하지 않고 그 아이들을 향해 다가갔다.

"어이, 친구들, 안녕?"

그들은 웃음을 머금은 채 나를 돌아보았다. 모두 다섯 명으로 위풍당당한 붉은색 유니폼을 입고 있었다.

"너희들하고 같이 뛸 수 있을까?"

"코치님께 여쭤 봐. 저기 덩치 좋은 분 보이지? 알리베르 코치님이셔."

21
자칼과 하이에나 무리

나는 아이들이 막 가리켜 보인 둥글둥글한 남자를 향해 다가갔다. 그는 운동모자를 거꾸로 쓰고 접이식 천 의자에 앉아서 수첩에 뭔가를 적고 있었다. 그가 날 쫓아낼까 봐 겁이 나서 곧바로 그의 일을 중단시키지는 못했다. 그가 살짝 몸을 돌리는 순간 나는 말을 건넸다.

"안녕하세요? 전 쿠난디라고 합니다. 코치님 팀에서 뛸 수 있을까요?"

"뭐라고? 내 팀에서 뛰고 싶다고? 우선, 어디에서 왔니? 선수 등록증은 있고?"

"예……. 아니요……. 아니요……. 아직은요……."

"그것부터 알아야 하는데. 클럽에 들어 있니?"

"아니요."

나는 아니라고 대답하는 동시에 그다음 날로 나를 버릴 거면서 왜 네네가 선수 등록증을 만들라고 시켰는지 깨달았다. 나와 잠깐 함께 지냈던 영리한 무사는 무슨 수작인지 알고 있었다. 오를레앙에서 시합이 끝난 뒤 무사는 내게 이런 이야기를 해 주었다.

"선수 등록증에 서명하는 그날로 너는 그 작자에게 등록이 되는 거라고. 그 작자에게 이로운 계약서 같은 거지. 그 사람은 네게 아무런 가치가 없다고 생각하면 너를 오물 덩어리 내버리듯 버리겠지만, 어느 날 네 값어치가 올라가면 네가 자기 선수라며 자기 몫을 내놓으라고 자칼과 하이에나들 틈에 섞여서 모습을 나타낼 거야."

"아, 그래? 그런 식으로 돌아가는 거구나?"

"그럼. 그 작자는 네 선수 생활이 끝날 때까지 네가 팀을 옮길 때마다 돈을 요구할 수 있는 거야. 법이 그렇거든."

아마도 무사의 말이 옳았을 거다. 우리가 지나가는 곳마다 사람들은 가축에게 달려들듯 우리를 뜯어먹으려고 했다. 그러다 만약 누군가가 싸움으로 점철된 역정에서 벗어나 마침내 어떤 클럽에서 두각을 나타내기 시작하고 성공적으로 모두가 바라던 우상이 된다면, 기가 막히게 잇속을 따지는 이 인간들에게는 작은 부스러기가 금광으로 변할 확률이 있는 셈이었다.

"그러니까 선수 등록증은 없지만 우리와 함께 뛰고 싶다는 거로 군. 그런데 내가 손가락 한 번 튕긴다고 그렇게 되는 게 아니란다. 이곳에 사니?"

"예. 니스에요……."

"얘야, 우리는 아비뇽에서 왔단다. 아비뇽이 옆집은 아니지. 우리 팀은 바르트라스 스포츠 연합이란다."

"오늘 제가 뛰어도 될까요? 한번 어떤지 보시라고요."

"여기에서? 이건 토너먼트라서 이미 팀원 배정이 끝났단다. 하지만 네가 며칠 정도 우리 있는 데서 머무르면서 테스트를 받고 싶다면 안 될 것도 없겠지? ……이곳에 가족이 있니?"

"아니요……. 제 가족은 파리에 있어요……."

"파리에? 방금 여기에 산다면서."

"예……."

"이곳에서 혼자 사는 거냐?"

"예. 축구를 하려고 왔습니다."

"여기 산 지 오래된 게 아니로구나. 원래는 어디서 왔는데?"

"말리에서요……."

"제대로 된 신분증은 있고?"

"비자가 있어요."

"알겠다. 오늘 아침에 부상을 입은 선수가 한 명 있으니까, 대신 뛰고 싶으면 뛰어라……. 우선은 우리 선수들과 함께 있으렴. 내가 해 줄 수 있는 일이 있는지 알아보고 오마."

바르트라스의 선수들과 함께 잠깐 공을 차는 동안, 이 아프리카 아이들은 카메룬 출신이고 일 년 전부터 언젠가는 누군가의 눈에 들 거라는 희망을 품은 채 코치의 집에서 살고 있다는 것을 알게 되었다. 자기 팀에 있으면 잘될 것이라고 약속한 사람이 바로 알리베르 씨였다고 한다. 그 역시 젊은 시절에는 대형 축구 클럽에서 선수 생활을 했다고 한다. 현재 그의 처지를 보면 의심할 만도 했지만 나는 가벼운 마음으로 선수들 속에 녹아들어 갔다. 나는 부상당한 선수를 대신해서 뛰었고, 세 경기에 나가서 내 진정한 가치를 보여 주려 노력했다. 최근 몇 번의 훈련으로 후유증이 있었지만 나는 이를 악물었다. 준준결승에서 우리는 모두가 피하고 싶어 했던 팀과 맞닥뜨렸다. 바이에른 뮌헨의 유소년 팀이었다. 실제로 그들은 우리보다 훨씬 강했고, 경기 운영은 훨씬 물 흐르듯 부드러웠다. 하지만 상관없었다. 다섯 명의 카메룬 선수들이 있다는 사실에 마음을 놓은 나는 그날 일정을 마무리하고 돌아가는 바르트라스 팀과 함께 버스에 올라탔으니까. 우리는 어스름이 깔릴 무렵 목적지에 도착했다. 선수들 대부분은 버스가 강 위를 가로지르는 다리를 건너기 전에 버스에서 내렸다.

"론 강이야."

로제가 내게 말했다.

"우리는 강 건너 섬에서 지내고 있어."

로제는 나와 얼추 같은 나이였고, 그들은 근 일 년 전부터 모집책들이 자신들을 대형 축구 클럽으로 데려가기를 기다리며 그곳에서 살고 있다고 설명해 줬다. 그들은 농가에서 생활했고 아침마다 다 같이 제철 과일과 채소를 거둬들였다. 그들은 헛간 2층에 있는 큰 방을 기숙사로 꾸며서 다 같이 지냈다. 하루가 끝나 갈 무렵이면 그들은 근처의 작은 경기장에서 훈련을 했다.

나는 마지막으로 남아 있던 침대를 차지했고, 그날 하루 쏟아부은 육체적 노력으로 기진맥진했기에 시골의 고요 속에서 곯아떨어졌다. 이튿날 동이 터 오자 방에 있던 아이들이 전부 일어나서 간단히 아침을 먹고 트랙터에 올라타 밭으로 나갔다. 훤한 대낮에 바라본 론 강은 무척 컸고 추앙받는 우리의 니제르 강에 뒤지지 않는다는 것을 알 수 있었다. 저물녘에 우리는 어떻게 물에 뜨는지가 신기할 정도로 날렵한 소형 보트로 조정 경기를 하는 사람들을 보러 갔다.

그리고 일주일에 세 번씩 밤에 훈련하는 아이들을 따라갔다. 아이들은 일요일마다 시합을 했고, 나는 어서 제대로 된 선수 등록증을 받기를 희망하면서 그 아이들을 지켜보았다. 그렇게 몇 주가 흘렀다. 그러더니 여름이, 폭염이 몰려왔고, 그 어떤 모집책도 나를 이 무기력 상태에서 빼내 주러 오지 않았다. 쉬는 동안 우리는 가끔씩 일곱 팀이 겨루는 토너먼트에 참가하여 꼬맹이들을 상대하거나 정어리와 소시지 굽는 냄새가 진동하는 곳에서 배불뚝이 노인네들을 상대하는 등 이곳저곳에서 경기를 치렀다. 터치라인 근처에 자리 잡은 사람들은 우리를 '검은 별들'이라고 불렀는데, 가나가 남아공 월드컵에서 준결승의 문을 두드릴 뻔했기 때문이다. 월드컵에서 가나의 아사모아 기안은 팀원 모두에게 천상에 오른 기분을 맛보게 해 줬을 페널티 킥을 놓쳤다. 하지만 우리는 아사모아도 멘사도 아유도 아니니 별들과 너나들이하자고 우길 수는 없었다. 아직 너무 무르고 능숙하지 못했던 우리는 이 끝없는 떠돌이 생활과 버림받은 느낌에 지친 상태였다.

대지가 비옥해지고 하늘의 쪽빛이 점점 흐려지는 가을 중반에 이르자 바람이 일었고, 나 또한 그 바람에 쓸려 갔다. 나는 가방 속에 옷가지를 챙겨 넣었다. 나쁜 사람이 아니었던 알리베르는 나를 꼭 끌어안아 주고는 앞으로의 여정이 평안하고 미래가 밝기를 빌어 줬다. 나는 그가 성실하며 곤란한 상황에 처해 있는 아이들을 몇 명이나마 아프리카에서 빼내 올 수 있어서 다행으로 여긴다고 느꼈다. 그는 아이들에게 기회를 주고 싶어 했다. 그가 애지중지했던 아이 둘은 계약서를 작성했다. 한 명은 그르노블에서, 또 다른 한 명은 이탈리아의 아탈란타 베르가모에서 선수 생활을 하고 있었다. 그 덕분에 알리베르는 돈다발을 조금 만졌고 다시 젊은 유망주들에게 투자할 수 있었다. 보는 사람마다 지적했듯이 빠르지 못한 내게는 그런 일이 일어나지 않았다. 알리베르는 내게 달리는 속도를 올려야 하고 폭발력을 좀 더 갖춰야 하며 상대가 내 행동을 예측하지 못하게 해야 한다고 되뇌었다. 그는 내가 원하는 만큼 자신과 함께 있어도 된다고 하며 억지로 무리수를 두면 안 된다고, 열심히 단련하고 있으면 기회가 올 거라고 말했다. 나는 그의 말에 귀를 기울였지만 다시 한 번 기차에 오르기로 이미 결정을 내린 뒤였다. 그는 내가 밭에서 일한 기간에 해당하는 급여를 쥐여 주면서 곤란한 일을 당하지 않도록 기차표를 사 줬다.

"넌 성공할 거다. 내 장담하마. 하지만 어느 날엔가 다시 바르트라스로 돌아오고 싶다면 문은 열려 있단다. 몸 관리 잘하고 우리에게 소식 전하렴."

소식. 난 몇 주 전, 아니 몇 달 전부터 가족들에게도 소식을 전하지 않았다. 기차가 출발하자 막 아버지, 형제들과 헤어진 것만 같은 야릇한 감정이 일었다. 그들은 내 뺨에 흐르는 눈물을 보지 못했다.

22
포르트 드 팡탱

공차기. 그게 신이 우리에게 가르쳐 준 가장 좋은 것이다. 우리는 다른 일 다 제쳐 놓고 공을 찼건만 끝내 아무것도 돌려받지 못했다. 오늘 아침, 나는 물루지 광장을 떠나 루아르 운하를 따라 걸어서 지오라마● 상영관인 제오드의 둥근 지붕이 굽어보이는 공원에 도착했다. 순환 도로 건너편에는 라두메그 경기장이 있고 그 안에는 잔디 구장도 있다. 그곳에 와서 어슬렁거리는 아이들은 낙오자들이지만 언젠가는 환한 빛 속으로 나아가리라는 희망을 놓지 않은 채, 비가 오면 진흙으로 바뀌고 강렬한 태양 아래에서는 붉은

● 큰 원구 안에 지구 풍경을 그려 놓고 안에서 그것을 보는 장치.

흙을 드러내던 고향의 대지에서부터 움텄던 꿈을 이루려 애썼다. 나의 가족이 그 '대단한 인물', 수상쩍은 트라파니를 믿고 철철 흘러넘치는 맥주와 비삽을 마시며 영광을 향한 출발을 밤새도록 축하했다니! 그들은 공차기가 언젠가는 가난의 고통으로부터 자신들을 멀리 데려가 주리라고 믿으며 마시고 웃어 댔다!

공차기는 나를 유명 축구 클럽의 문 앞이 아니라 이름 없는 군소 경기장들의 철문 앞으로 데려갔다. 땀에 젖은 상의를 벗어서 환호하는 군중을 향해 흔들어 보이거나 하늘을 향해 두 팔을 들어 올리는 일이 일어나기를 헛되이 기다리는 동안, 나는 남의눈에 띄지 않게 벽에 바짝 붙어서 걷는 법을 배웠다.

포르트 드 팡탱? 꼭두각시 문이라고? 나야말로 나사 빠진 꼭두각시이다. 나는 불청객처럼 찾아온 비를 맞으며 흐느적거리듯 걷는다. 우리 머리 위로 꿈과 위협을 한꺼번에 펼치며 황량하기 짝이 없는 공터 주위를 맴돌던 그 독수리들이 생각난다. 오늘 밤도 여느 때처럼 관중석 아래에서 자야겠다. 경비원은 내가 그런다는 걸 알고 있다. 잠에서 깨어났을 때, 내 옆에 놓아둔 가방 속에서 전철 표 몇 장과 약간의 먹을거리를 발견하는 일이 종종 있는 걸 보니. 경비원은 조난당한 아이들이 도시 가장자리에 있는 이 섬으로 피난 온다는 것을 아는 모양이다. 어느 날 저녁, 아비뇽에서 올라와 절망을 잠재우려고 애쓰고 있던 나에게 이 장소를 알려 줬던 사람도 그런 처지였다. 카메룬 출신으로 이곳저곳에서 아무 소득 없는 테스트들을 거치며 이름을 잃어버리고 나이 들어가는 자신의 모습을 보게 된 사람. 그도 나처럼 이곳에 와서 낙오자 부대의 정원을 늘려 줬다. 일요일 아침마다 이 잡다한 무리를 모아서 훈련시키고 조언해 주는 어른도 있는데 역시 아프리카 출신이다. 때로 근 열댓 명에 육박하기도 하는 우리는 여전히 꼿꼿한 자세로 코치의 말에 귀 기울이고 코치의 동작을 따라 해 보며, 그 어떤 도전도 받아들일 준비를 했다. 우리와 겨뤄 보고 싶어 하는 사람들이 나타나기도 했다. 그럴 때면 돌멩이 두 개나 나뭇가지 하나로 땅바닥에 진영을 표시해 놓고 먼지를 풀풀 일으키며 뛰던 그 시절로 돌아가기라도 한 듯, 갑작스레 웃음이 돌아오고 함성이 터져 오르며 근심 걱정이 사라져 버렸다. 머리 위를 날아가는 비행기들이 우리가 먼 곳에서, 너무나 먼 곳에서 왔다는 사실만 일깨우지 않는다면 그걸 행복이라고 부를 수 있으리라. 삶 전체가 갈기갈기 찢겼고, 신기루에 매혹당한 우리들의 유년기는 사기꾼 몇 명의 탐욕에 걸려들어 만신창이가 되었다.

오전이 끝날 무렵에 우리는 각자의 외로운 길로 회의에 젖은 채 돌아갔고, 어깨를 축 늘어뜨리고 다음 일요일에도 모두가 다시 모일 수 있을까 불안해하며 헤어졌다. 몇 명은 강제 송환됐고, 또 몇 명은 이곳에 없던 것이 국경 너머에 있기를 바라며 프랑스에서 떠났다는 말이 돌았다. 어느 날 아침에는 어떤 사내애가 경찰에 쫓기다 겨울 초입의 얼음장 같은 마른 강에 몸을 던졌고, 결국 강둑으로 떠밀려 온 그 아이의 시체는 극빈자들을 위한 네모난 무덤에서 끝을 보게 되었다고 소곤대는 소리들이 들려왔다. 그 아이는 이름도 없었고 달랑 가방 하나만 손에 걸려 있었는데, 그 속에는 양말 한 짝과 옷 보따리 등 생의 파편뿐. 니제르 강이나 세네갈 강을 다시는 볼 수 없게 된 아이. 어쩌면 환한 색의 전통 의상이나 수천 가지 색채가 뒤섞인 원피스를 입은 다정한 소녀가 그 아이를 기다리며 지치지도 않고 그 아이의 이름을 노래할지도 모르는데. 눈빛이 맑은 아름다운 디모나도 어쩌면 망고 나무 근처에서 나를 기다리고 있을지도 모른다. 아니면 다른 기사(騎士)가 모는 인도네시아산 오토바이에 타고 있으려나? 고향에서는 후회나 분노까지 담긴 목소리로, 내가 가문의 돈을 탕진하고 땀 흘려 모은 돈을 투자한 사람들까지 대대손손 알거지로 만들러 프랑스에 간 쓸모없는 아이라며 악담을 퍼붓고 있을 것이다. 그들 눈에 나는 이제 배신자 또는 못난 자식에 불과하니, 악마와 불행을 멀리 내쫓기 위해 내 이름을 입에 올릴 때면 즉시 땅바닥에 침을 뱉으며 주의할 것이다. 하지만 다른 마을에서는 여전히 지폐를 쌓아 올리며 돈을 모으고 있을 테고, 그 돈 때문에 재빠른 발과 경솔한 판단력을 가진 어떤 사내아이가 나를 여기까지 끌고 온 헛된 꿈을 향해 다시금 휩쓸려 갈 것이다. 그 아이는 어느 날 버림받아 가족에게 소식을 전하고 싶은 마음도 없어질 테고 결국 다른 아이들과 똑같은 말을 하게 되리라.

"내가 죽은 줄 알면 좋겠어."

나는 우르크 운하를 따라서 되돌아가는 길에 센 강과 강을 따라 바다로 나아가는 거룻배들을 눈으로 좇는다. 며칠 후면 이곳에만 존재하는 산타가 도착할 터라 벌써 여러 가지 장식들이 거리를 수놓았고 어스름이 질 무렵이면 나무마다 꼬마전구들이 반짝였다. 결국 내 친구 이사가 나보다 운이 좋았다는 것을 신문 기사를 통해 알게 되었고, 나는 그 기사를 접어 주머니 속에 넣어 뒀다. 시합에서 이사가 세운 수훈이 이야깃거리가 되었다. 이사가 소속되어 있다는 브르타뉴의 축구 클럽 이름은 춤 이름 같다. 플라베넥. 플라베넥. 신문 기사에 따르면, 무릎 상태가 좋지 않았던 이사가 어느 날 그 클럽에 도착했고 그곳의 친절한 사람들이 그를 보살피고 돌봐 줬단다. 그리고 이사는 그들이 베풀어 준 기적에 보답하려고 다시 공을 찬다고 한다. 공격형 미드필더. 이사가 꿈꾸던 포지션. 어떤 사람이 이사를 만나려면 몽파르나스 역에서 기차를 타고 브레스트까지 가야 한다고 말해 줬다. 나는 표를 살 돈도 없고, 체포되어 추방될지도 모르는데 무임승차해서 여행할 용기를 낼 수 있을지 모르겠다. 하지만 이 신문 기사 조각은 이사를 만나서 나에게 이 길을 걸어온 게 헛되지 않았음을 보여 주고 싶다는, 보여 줘야 한다는 생각이 들게 한다. 나에게 한 줌의 용기와 한 번의 채찍질을 안겨 줄 필요가 있다. 이사가 새롭게 정착한 마을에서는 바다가 멀지 않은 모양이다. 그렇다면 니제르 강에서 그러듯이 나는 어선을 타고 대서양을 누비는 어부가 되겠다. 커다란 강이 흐르는 곳에서 자란 우리는 어려서부터 거센 물살에 맞설 힘을 키웠고, 물 위에서 균형 잡는 법을 익혔다. 그 누구도 내가 땅 위에 발을 붙이고 있기를 원하지 않으니 나는 물 위를 걷는 법을 배우리라.

하지만 사람들이 우리를 쓰레기 취급해도, 우리를 물에 빠뜨려도, 우리는 파도처럼 다시 밀려올 것이다. 나는 그게 두렵다. 그 무엇도 밀려오는 파도를 막을 수는 없을 테니까. 늘 맨 처음 지나가는 도둑놈과 맨 처음 지나가는 장사꾼에게 우리를 팔아 버릴 누군가가 있을 것이고, 늘 신기루가, 사막 너머로 꾀어내는 목소리가 있을 테니까.

축구계의 불법 체류자들

그들은 카메룬이나 코트디부아르 혹은 세네갈에서 왔으며, 사뮈엘 에토나 디디에 드로그바 혹은 마마두 니앙이라고 불린다. 그들은 프로 축구 선수로서 인터 밀란이나 첼시 혹은 올랭피크 마르세유 등 유럽의 대형 축구 클럽에서 뛴다. 그들은 세계적 스타이며 아프리카에서는 그들을 본보기 삼아 그 뒤를 따르려고 꿈꾸는 청소년들만 해도 수백만 명에 달한다. 그들 또한 카메룬과 코트디부아르 혹은 세네갈에서 왔고, 외젠 포멩보드나 압두 둠비아 혹은 마마두 사코라고 불린다. 이들은 그 누구도 알아주지 않는다. 이들 또한 유럽의 축구 선수들이지만 헝가리의 2부 리그나 이탈리아의 3부 리그 혹은 프랑스의 국내 선수권 대회에서 뛴다. 이들은 모두 자신들과 같은 처지에 놓인 수백 명의 다른 선수들과 마찬가지로 화려한 경력의 영광스러운 선배들을 본받으려고 백방으로 노력했다. 하지만 허사였다.

남아공 월드컵이 개최된 2010년, 마마두 사코는 경기장에서의 승리보다 훨씬 중요한 승리를 거두었다. 이제 그는 불법 체류자가 아니다. 벨기에에서 브르타뉴의 플라베넥으로 팀을 옮기는 우여곡절의 이 년 끝에, 프랑스 체류를 허용하는 일 년짜리 비자를 받았기 때문이다. 물론 모집책이 장담하던 엄청난 돈과는 거리가 먼 처지다. 그는 현재 축구 선수로 뛰면서 스포츠 용품점에서 일한다.

그런데 불행히도 마마두 사코가 걸었던 그 길을 똑같이 밟는 소년들이 점점 더 많아지고 있다. 돈벌이에만 혈안이 된 악질 모집책들이 점점 늘어나고 있기 때문이다. 이 '유럽 인 모집책들'은 스스로 발탁한 '신출내기 축구 선수들'을 제대로 돌보지도 않으면서 여전히 아프리카로 대거 몰려와 여기저기 들쑤시고 다닌다. 해마다 수백 명에 달하는 청소년들이 디디에 드로그바 운운하는 모집책들에 홀려서 고국을 떠난다.● 종종 자녀에게 기회를 만들어 주려는 마음에 어마어마한 금액을 지출한 가족들의 격려를 받으며 조국을 떠난 어린 축구 선수들은 결국 자신들의 힘으로 제어할 수

● 2003년만 보더라도, 아프리카 각국의 축구 연맹이 발행한 탈퇴서가 평균 오백에서 천 건 사이에 이른다.

없는 먹이 사슬 속에 갇히게 된다. 꿈이 덫이 되는 것이다.

　유럽에 도착, 에이전트들과 밀고 당기기, 클럽과의 협상, 행정 처리와 관련된 질문들……. 출발하기 전에는 상상도 못 했고, 보나 마나 가족도 몰랐을 여러 가지 장애물들.

　수년 전부터, 유럽에서는 아프리카 출신 선수들에게 축구 시장을 활짝 개방했다. 에토나 드로그바처럼 뛰어난 재능을 타고난 선수들은 성공적으로 당당하게 자리 잡는다. 하지만 차지할 수 있는 자리는 아주 소수에 불과하다. 어린 축구 선수들 백 명 중 아흔아홉은 자신들의 코앞에서 축구를 향한 문이 닫히는 것을 목격하게 된다. 이제 새로운 길이 시작되는 것이다. 생존의 길이. 고국에서거는 기대가 너무나도 크기에 그들에게 뒷걸음질이란 있을 수 없는 일이다. 축구 혹은 다른 그 어떤 경제 활동이든지 간에 유럽에 체류하는 선수들은 늘 아프리카의 가족에게서 엄청난 기대를 받는다. 고국을 떠나야만 했던 사람이 성공한다면 그의 가족과 친지에게는 엄청난 횡재가 되는 것이다. 실패한다 해도 실패를 고백하기란 거의 불가능하다. 그때 대부분은 이렇게 속내를 털어놓는다. "내가 죽은 줄 알면 좋겠어……."

플로리앙 칼루아

유로스포츠 축구 전문 기자

(출처: 퀼튀르 풋 솔리데르 협회)

이 작품의 주인공 쿠난디는 아프리카 말리에 사는 사내아이로, 시간만 나면 친구들과 축구를 한다. 작품 첫머리를 여는, "공차기. 그게 신이 우리에게 가르쳐 준 가장 좋은 것이다."라는 말에서도 짐작할 수 있듯이 축구는 아프리카의 아이들에게 남다른 의미를 갖는다. 평생 아무리 노력해도 절대적 가난에서 벗어나기 힘든 아프리카 아이들은 아프리카 출신의 축구 스타들을 보면서, 축구만이 이 절망스러운 현실에서 벗어날 수 있는 유일한 희망일지도 모른다고 생각하게 된다. 쿠난디 역시 예외는 아니다.

축구 유망주들을 발굴하러 아프리카 대륙을 돌아다니는 이탈리아 인 모집책의 눈에 쿠난디가 들어간 순간, 끔찍한 악몽이 시작된다. 세계적 축구 스타로서 부와 명예를 거머쥐게 될 거라는 모집책의 말은 쿠난디에게 저항할 수 없는 유혹이다. 쿠난디는, 부모와 친척들이 없는 살림에도 조금씩 모아 준 2,000유로라는 거금을 모집책에게 고스란히 갖다 바친 뒤, 성공해서 금의환향하겠다는 꿈을 안고 온 마을의 기대를 한 몸에 받으며 모집책을 따라 프랑스로 가게 된다.

하지만 프랑스에서 쿠난디를 기다리고 있는 현실은 부푼 기대를 여지없이 배반한다. 파리에 도착하자마자 이탈리아 인은 외곽 지역의 허름한 호텔에 아이들을 부려 놓은 후 자취를 감춰 버린다. 또 다른 모집책에게 아이들을 넘긴 것이다. 이 사람 저 사람의 손으로 넘겨지면서, 싸구려 호텔을 전전하고 이름 모를 팀들과의 경기를 거듭하면서, 한 명씩 한 명씩 버림받는 동료들을 보면서, 쿠난디는 백인들이 약속한 장밋빛 미래란 대다수에게 실현 불가능한 꿈이라는 것을 깨닫게 된다. 그들을 기다리고 있는 미래는 저임금과 열악한 거주 환경에 시달리는 밑바닥 인생이고, 언제 쫓겨날지 몰라 두려움에 떠는 불법 체류자 신세일 뿐이다.

백인-어른-착취자들의 사냥감이 되는 흑인-소년-피착취자의 상징인 쿠난디의 여정을 따라가다 보면, 화려한 프로 축구 세계의 이면에 현대판 노예 제도가 숨어 있음을 깨닫게 되고, 그 잔인한 착취 시스템에 걸려든 아프리카 아이들의 삶이 어떻게 공중분해 되는지 구체적으로 보게 된다. 그러한 현실을 꼼꼼한 자료 조사를 바탕으로 가감 없이 보여 주는 이 작품은 시사 고발 프로그램 같은 메마른 느낌도 아니고, 지나치게 비분강개하여 독자를 머쓱하게 만들지도 않는다. 하지만 쿠난디가 겪는 사건의 비극성을 돋우는 담담한 어조가 유지된다고 해서 이 작품을 읽는 독자마저도 쉽사리 평정심을 유지할 수 있는 것은 아니다.

고향 마을에서 가난하나 행복한 유년기를 보내던 쿠난디가 아차 하는 순간 낯설고 적대적인 현실에 내동댕이쳐지고, 한 발짝 내디딜 때마다 절망의 구렁텅이로 점점 더 깊이 빠져들어 가는 과정을 묵묵히 지켜보기란 힘들다. 고향으로 돌아가지 못하고 프랑스의 거리를 전전하던 아프리카 소년들이 "내가 죽은 줄 알면 좋겠어."라고 고백하는 작품 말미에 이르면, 심지어 숨이 턱 막히는 느낌이 든다. 그 말에는, 이쪽에서는 불법 체류자라는 불안한 신분이 기다리고 있고 저쪽에서는 충족시켜 줄 수 없는 가족과 친척들의 기대가 압박하고 있는, 이러지도 저러지도 못하는 아프리카 소년들을 짓누르는 삶의 무게와 그들의 절절한 심정이 응축되어 있다. 이 작품이 스포츠 산업의 어두운 이면에 한 번쯤 관심을 갖는 계기가 됐으면 좋겠다.

2012년 10월

정혜용

창비청소년문학 47

내가 죽었다고 생각해 줘

초판 1쇄 발행 • 2012년 10월 26일
초판 3쇄 발행 • 2021년 5월 12일

지은이 • 아메드 칼루아
옮긴이 • 정혜용
펴낸이 • 강일우
책임편집 • 김효근
펴낸곳 • (주)창비
등록 • 1986년 8월 5일 제85호
주소 • 10881 경기도 파주시 회동길 184
전화 • 031-955-3333
팩시밀리 • 영업 031-955-3399 편집 031-955-3400
홈페이지 • www.changbi.com
전자우편 • ya@changbi.com

한국어판 ⓒ (주)창비 2012
ISBN 978-89-364-5647-4 43860